君が勇気をくれた

九回裏のフルスイング

松尾健史
Takeshi Matsuo

現代書林

君が勇気をくれた

5 6 7 8 9 10 R
1 0 0 0 0 3
2 0 0 0 2
PL 1B 2B 3B
古賀 赤坂 小山 濱田
1 2 3 4 5 6 7 8 9
TN
南台
8 新倉
4 牧
7 山本
6 岸川
1 酒井
2 秦
3 山田
5 立野
9 山崎

TEAM 1 2
H B
E S
Fc O
相沢 2 0
南台 0 0
1 2 3 4 5 6 7 8 9
TN
相沢
6 9 5 3 8 2 7 1 4
森山 柏木 室井 近沢 中村 柴田 品川 中島 田中

CONTENTS

伝令

The Messenger

勝負

The Confrontation

フルスイング

The Full Swing

ホームランボール

The Home Run Ball

主な登場人物

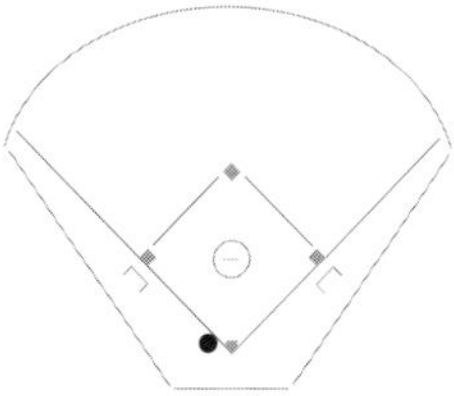

岸川《きしかわ》勇人《ゆうと》

神奈川県立南台高校三年、野球部キャプテン、４番。大会注目の強打者。

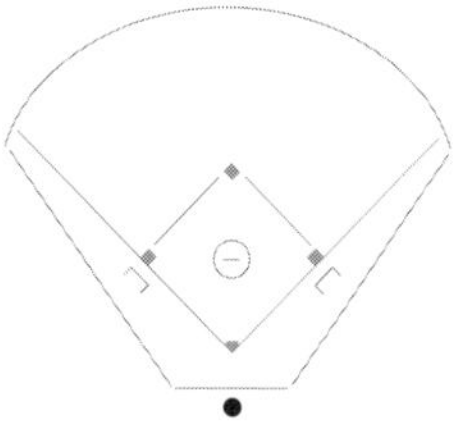

野上《のがみ》貴志《たかし》

神奈川県立南台高校三年、放送部部長。中学までいじめられっ子だった。

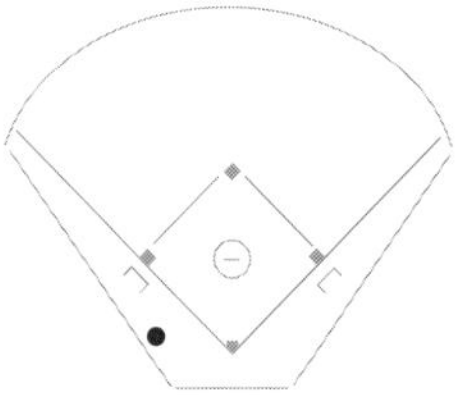

佐藤《さとう》元気《げんき》

神奈川県立相沢高校三年、野球部キャプテン。内野手、補欠。チームをまとめる力に長けている。

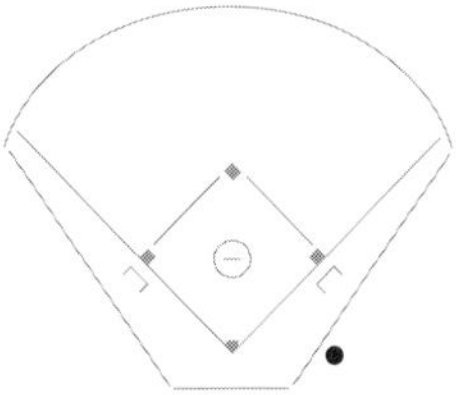

岸川《きしかわ》太一《たいち》

岸川勇人の兄。二十四歳。趣味はカメラ。
十年前、両親の離婚により、
母と弟とともに福岡から横浜に転居。
現在は大手企業に勤務。

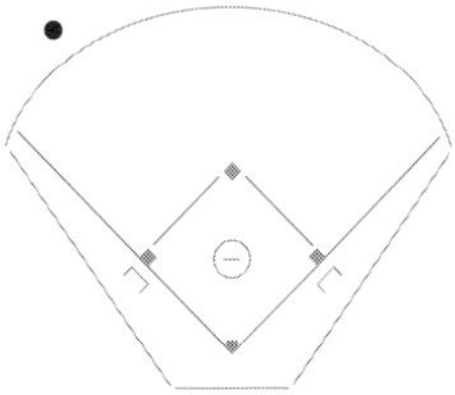

岩崎《いわさき》淳一郎《じゅんいちろう》

神奈川県立南台高校野球部OB、
二十九歳。大学入試の大手学習塾で
講師をしている。

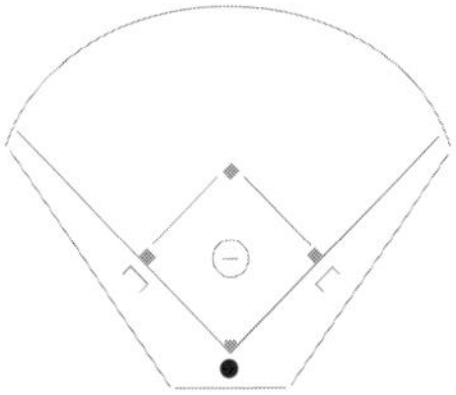

古賀《こが》善雄《よしお》

神奈川大会準決勝、
相沢高校対南台高校戦の球審。
五十八歳。川崎の鉄工所に勤めている。

伝令

The Messenger

STORY 1

Takashi NOGAMI

「このクライマックスをとびきりかっこよく実況したい」

野上貴志

南台高校・放送部部長 ── バックネット裏・観客席

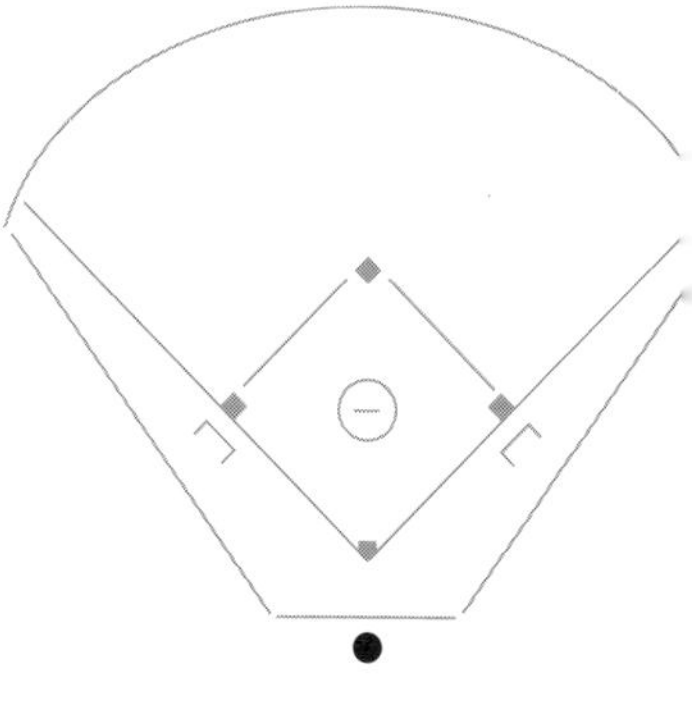

「今、タイムがかかりました。相沢《あいざわ》高校から伝令が出る模様です」

野上貴志《のがみたかし》は自分だけに聞こえる声でつぶやいた。

左隣には、放送部の後輩の堀内が座っていて、座席から少しだけ前に身を乗り出して試合を見ている。貴志の小声に気づいているかどうかはわからない。

「三塁側のベンチから背番号10、キャプテンの佐藤選手が球審に向かって大きく一礼。きびきびとした気持ちのいい駆け足でマウンドへと向かいます。

九回裏、ツーアウト二、三塁。3対2の1点差。南台《みなみだい》高校、4番の強打者《スラッガー》、岸川勇人《きしかわゆうと》を迎える、この試合のクライマックスです。マウンドには相沢高校の選手たちが集まります。

神奈川大会準決勝、南台高校対相沢高校の一戦、どちらが勝っても初の決勝進出となります」

貴志たちがいるのはバックネット裏だ。

横浜中央スタジアム。

バックスクリーンが青色だからか、全体的に青い印象のスタジアムは、グラウンド内の緑の人工芝が、県内のほかの球場とは比べものにならないくらいにきれいだ。プロ野球の試合を見に来たことは何度かあったけれど、プレーをこんなに近くで見たことはない。

目の前の、小さなスペースに立てた三脚の上では、ビデオカメラが録画を続けていた。

貴志は南台高校の放送部部長だ。独り言の実況を堀内に聞かれていたとしても、抵抗感はなかった。自分のキャラクターを理解してくれている、という安心感がある。

「野球部活躍のとびきりかっこいい映像をつくりたい」

これは貴志が最初に言い出した企画だった。かっこいい映像、といってもなんてことはない、試合を撮影して、それに貴志が言葉をのせるだけというものだ。ユーチューブにアップして、学校の公式サイトでも紹介してもらいたいと考えている。昼休みの放送以外は、自分たちで活動内容を決める部活だったので、ほかの部員たちは、貴志の企画にあっさりと賛同してくれた。

時間を確認してメモ帳に書きつける。十七時二十一分。

横浜中央スタジアムには屋根がなく、頭上に、黄色く色づき始めた空が広がっている。一日の終わりに向かいつつあるとはいえ、夏。しかも、快晴の夕方だ。貴志はハンカチを手に取り汗を拭《ぬぐ》った。

強豪校同士の対戦となった準決勝第1試合が延長戦で試合が延びて、第2試合の南台対相沢の開始は、一時間半ほど遅れた十五時十分となった。

貴志は第1試合から見続けている。第2試合をバックネット裏から撮るためには、第1試合の試合開始から、座席を確保しておかなければならない。神奈川の高校野球大会は、平日でも球場が満席になるほど人気がある。バックネット裏は、コアな高校野球ファンと取り合いになる人気席だ。しかも、準決勝のその日は土曜日で、スタジアムが埋まるほど大勢の観客がつめかけていた。

後輩の堀内は、途中、しばらく席を外している時間があったけれど、貴志は、決勝相手となるかもしれないチームの、情報や資料を集めるために試合を見続けていた。もともと色白だった放送部部長の腕は、日に焼けて真っ赤になっている。

（もし僕がアイスだったら）と貴志は心の中でつぶやいた。

（すっかり溶けてしまって、きっと今ごろは、気化して空に舞い上がっていることだろう）

半袖シャツの下を伝って汗が流れる。逆転のチャンスが、劣勢の南台に土壇場でめぐってきた。


県立の南台高校野球部が準決勝にまで進んだ。

これは野球の激戦区、神奈川県では快挙だった。私立の強豪校が上位を占めるのが、例年の状況だからだ。ベスト8や16でさえ公立高校は残るのが難しいなか、貴志たちの南台高校だけでなく、対戦する相沢高校もまた、公立高校だった。神奈川予選の準決勝に公立高校が二校も勝ち残るのは、快挙を超えて奇跡と言ってもいいほどの出来事で、新聞やテレビでも大きく取り上げられていた。

放送部員のなかで、野球部の躍進にかける思いは自分が一番強い、と貴志は感じている。そこには、南台の4番、岸川勇人とかつて交わした約束があったからだ。が、勇人がその約束を覚えているかどうかは定かではない。

貴志は、バックネット裏にいる自分の状況がうれしくてしょうがなかった。ひょっとしたらどこかで、野球部の活躍に、自分のこれからの飛躍を重ね合わせているような気持ちがあるのかもしれない。

「準決勝で負けるつもりは毛頭ありません。明日の決勝も、朝早くからスタジアムに並んで、バックネット裏の一番いい場所を陣取ります。今日のように。そして次は――」

貴志は息を飲んでから、言う。

「次は甲子園」

自分の言葉にぞくぞくとしたものが体の中を駆けめぐる。

「おっと相沢高校の選手たち、何を見ているのでしょう？」

貴志はボソリとつぶやいた。今はまだ誰に聞かせるわけでもない。一人、言葉で目の前に広がる世界を切り取る練習をしている。

「ベンチのほう……ですかね。いや、ベンチの上、上ですね。スタンドのようです。目を凝らして何かを探しているようにも見えますが……何を見ているのでしょう？」

マウンドに集まっている相沢高校の選手全員が、何やら重要なものでも探すかのように三塁側のスタンドのほうへ顔を向けている。体を寄せ合い、目を細め、真剣な眼差《まなざ》しだ。

「輪の中心にいるのが、伝令に出た相沢高校の佐藤キャプテンです。ここからは横顔しか見えませんが、笑みが浮かんでいるようです。さわやかな笑顔。見ているだけで不安を消してくれそうな、そんな表情です。ハキハキとした口調で何か指示を伝えています。

おっと、スタジアムの中を今、風が吹き抜けていきました。爽やかな風です。西に傾いた太陽は、これまでの両チームの健闘をたたえるように、そして、これからのエンディングに彩りを添えるように、グラウンドに光を注いでいます」

横浜中央スタジアムは、貴志のいるバックネット裏が南に位置するので、太陽は今、相沢高校応援スタンドの後ろのほうへ沈みつつある。

相沢高校キャプテン、佐藤元気について書いた資料がメモ帳にはさんである。

佐藤元気

相沢高校野球部　キャプテン　3年

2年の秋からキャプテンに指名される

背番号10

内野手、補欠

1回戦から準々決勝まで試合の出場は代打で2度。2打席ノーヒット
正義感が強く、明るく、まじめ
実力的には12、13番手の選手だが、チームメイトや監督からの信頼が厚く、チームをまとめる力に長《た》けている。
成績は学年でもトップクラス
マネージャーで3年生の八木桃子《やぎももこ》さんが彼女らしい
3月11日生まれ
本郷北中出身

(勉強の部分以外は)と貴志は思った。

(これから打席に入ろうとしている南台の4番、勇人君と似ているかもしれないな)

似ているかもしれない、とメモ帳に書きつける。


「部長」と後輩の堀内が声をかけてきた。

「ああやって集まってるときって、なんの話をしてるんですかね?」

「さあ……」と貴志が首をひねる。

「意外とスタンドにいる女の子の話だったりして」

にひひ、と堀内が笑う。アニメとゲームが好きで、いつもは時間さえあればスマホを取り出すのだが、今日に限っては試合に熱中しているようだった。緊張感のある一進一退の攻防がこれまで続いている。

「あ、審判の人が近づいていきますよ。……今、何か言いましたね」

球審が相沢の選手たちに言葉をかけ、そのまま、マウンド近くに立ち止まり様子を見ている。

「伝令に与えられた時間は30秒だけなんだよ。だから、時間オーバーだ、って注意を与えたんじゃないかな？」

「ちょっとくらい、いいじゃないですかね？」

「でもルールだからさ。審判の仕事だよ」

「まあ……そうっすね、仕事じゃしょうがないっすね」

そう言う堀内にも、部長の補佐をする、という役割が本来はあるのだけれど、それはすっかり忘れているようだった。

わっという、一瞬の花火のような声援が、スタジアムをつつみ込む。

「今、円陣が解かれました」

貴志は、再び小さな声の世界に入り込む。堀内はそれを察してか、もう声をかけてこなかった。

「相沢高校の佐藤キャプテンが、マウンドからベンチへ走って戻っていきます。相沢高校の選手たちも、それぞれの守備位置につきます。南台高校も相沢高校も、ともに神奈川県立の公立校。準々決勝では南台は京浜大《けいひんだい》付属高校を、相沢は海老名学園《えびながくえん》をと、それぞれ私立の優勝候補校を破って勝ち上がってきました。

さあ、南台高校の４番、キャプテンの岸川勇人がバッターボックスに入ります。この期待感は一体どこからくるものなのでしょう？　岸川勇人という人間を知っているからこそなおのこと、期待は大きくなります」

「プレイ」という、球審の確固たる声が試合の再開を告げる。

勇人は、左手に持ったバットをピッチャーのほうに向け、「おしっ」という声を一つ吐き出した。それは、貴志がこれまで見てきた勇人のいつもの動作だった。

「岸川勇人、試合を決するこの場面で、これほど頼りになる選手はほかにいません。京浜大付属戦も岸川選手の1打で勝利を手にしました」

貴志は平静でいようとしたけれど、自分の声に、体が反応するのを抑えることができなかった。

「ただ、この試合に限っては、相手の好投手、中島翔太《なかじましょうた》にここまで完全に抑え込まれています。3打数ノーヒット。しかし――」

腕や背中がざわつく。ともすると、声まで震えてきそうになる。

最高のこのシーンを、持てる限りの自分の言葉で表現したいと思う。素晴らしい素材にスパイスを加え、火を通し、盛りつけ、味も見た目もおいしい料理を作る料理人のように、言葉で南台の試合にコクと深みを与えたい。

その試合が今、最高潮にさしかかっていた。

「岸川選手はここぞという場面でこそ実力を発揮する、勝負強い選手です。期待されたら絶対にそれに応えたい、という気持ちの強い男なんです」

（補佐なんかいらないさ）と貴志は思った。自分だけで一から十までやりきるほうが、貴志は好きだった。協調的でおとなしく見える貴志には、自己顕示欲とエゴイスティックな一面もある。

一度、空を見上げる。

飛行機が、ひとすじの線を描き始めているのが見えた。

STORY 2

Genki SATO

「チーム全員を信じてる」

佐藤元気

相沢高校・野球部キャプテン ——三塁側・相沢ベンチ

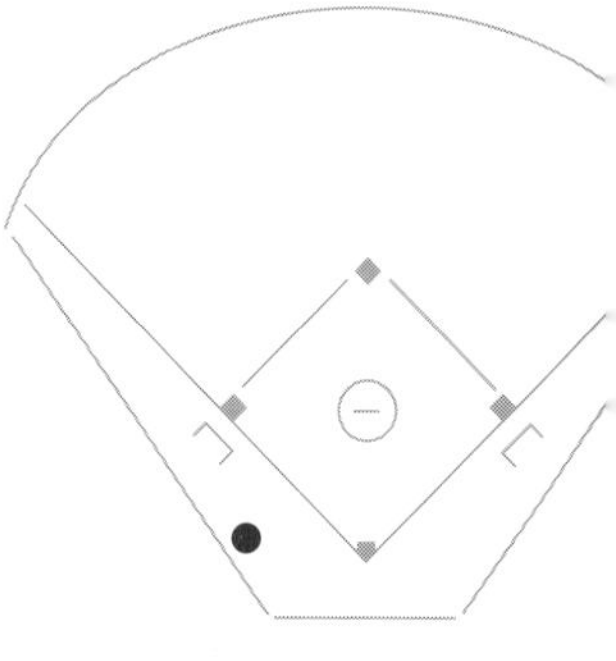

相沢高校側ベンチの影を濃くするように、夏の太陽は西に傾き始めている。

グラウンドが放つにおいを胸いっぱいに吸って、佐藤元気は大きな声を出した。横浜生まれ、野球漬けで育った十八歳だ。

「一つずつっ」

「アウトを一つずつきちんと取っていこう。大丈夫。落ち着いていこうぜ」

スコアボードでは3対2で相沢がリードしているにもかかわらず、スタジアムの盛り上がりは完全に逆転されていた。一塁側の声援が津波のように押し寄せ、すべてのものを飲み込もうとしている。それに抗《あらが》うかのように元気は再び声を張り上げた。ワンアウト一塁、二塁で南台のバッターは3番。次に4番の強打者、岸川が待っている。

一塁側ベンチ前、バットを手に、悠々と自分の出番を待つ岸川を、横目でチラリと見やる。

映像で見た、京浜大付属戦での決勝打のシーンがよみがえる。コップを倒し、こぼれた水がテーブルクロスに染みるように、不安が胸に広がる。

元気は右手で胸の辺りをぎゅっと握りしめた。ユニフォームの下の四角い輪郭に少しだけすがる。八木桃子たちマネージャーが作ってくれたお守りがそこにあった。大きく息を吸い込み、ゆっくりと吐き出す。

「佐藤」

名前を呼ばれ、監督の近くへと移動する。

「この場面、きっと南台はバントで送ってくるだろう。それが成功すると、ツーアウト二、三塁で4番岸川に回ることになる。佐藤よ、おまえはその場面をどう思う?」

監督は胸の前で腕を組み、グラウンドに目を注いでいる。今年で五十一歳になる監督は名前を金子といい、頭頂部には髪の毛がなく、つるりと禿《は》げ上がっていた。普段は保健体育を教えているが、その頭髪をネタによく生徒たちの笑いを誘っている。筋肉質の体は年齢の割にスタイルがいい。表情はいつもにこやかで、目尻のしわに隠れてしまいそうな瞳には、凛《りん》とした意志の光が宿っているのがわかる。

「僕は」と元気はいつもの聞き取りやすい口調で言った。

「岸川と勝負すべきだと思います」


監督の言う「どう思う?」という言葉が、「その場面でどういう作戦をとるべきだと考えるか、自分の意見を言いなさい」という意味であることを、元気はわかっていた。金子監督は、状況や相手によって話す言葉を選ぶ。抽象度の高い言葉を使う場合もあれば、具体的な言葉で語りかける場合もある。


「なんでそう思う?」

「今日の中島はいい球《たま》を投げています。ストレートも走っていて、これまでの3打席で岸川を抑え込んでいます。そして何より、中島は神奈川でナンバーワンのピッチャーです。その中島が岸川に負けるはずがありません。岸川を中島が抑えて、僕たちの勝ちです」

うん、とうなずいて、金子監督はしばらく黙った。グラウンドではプレーが続いている。

「勝つだけだったら」と金子監督は言った。

「敬遠がベストだ。次の4番の岸川を迎えて、勝負するか、敬遠するか、選択肢は二つ。

もちろんどちらを選んでも、うまくいくこともあれば、うまくいかないこともある。だからこそ、うまくいく確率の高いほうを見定めていかなければならない。

可能性が高いのは、誰が考えても岸川を敬遠だろう。南台の5番バッターもいい選手だが、岸川ほどではない。岸川が南台では、一番打ち取りにくいバッターだ。打率も高いし、パワーもある。そして何より勝負強い。それはおまえもわかっているよな?」

「それでも」と元気は言った。

「それでも、中島は岸川には負けません」

わっという歓声に、視線がグラウンドへと引き戻される。3番バッターが送りバントをした。バッターは一塁へ滑り込むがアウト。だが、ランナーはそれぞれ進塁し、二、三塁となった。1打出れば逆転という場面だ。

「伝令だ」

元気は監督のほうに耳を寄せる。話は心で聞きなさい、というのは金子監督の口癖だ。

「全力で岸川と勝負だ。おまえたちを信じてる、と伝えてきなさい」

金子監督は、いつものように目尻にしわを寄せている。

「本来は監督として『敬遠だ』と言うべきなのはわかっている。ただ俺もおまえと同じで、中島が岸川に負けるはずがない、とも思っているんだ。だから勝負だ。ただ、今のこの場面、大きなピンチを迎えて、きっとみんなは不安に思っているだろう。だから佐藤、おまえがそれを取り除いてきてあげなさい。俺たち相沢は強い。俺は、おまえとチームを信じてる」

金子監督がベンチから出て審判にタイムを求めた。試合が止まる。監督の大きな手で背中を押され、元気はベンチを出た。一礼してマウンドへと駆け出す。

この試合二回目の伝令だった。一回目は五回だ。エラーが続き、南台に2点取られ、なおもピンチという場面だった。そのときは監督に「面白くなってきたぜぇ」と、ルパン三世のモノマネで余裕を見せてくるように指示を受けた。おかげで、みんなリラックスすることはできたけれど、映画好きのサード室井からは「似てねぇ」とクレームが入った。「それに、『面白くなってきやがった』という名言を『カリオストロの城』で言ったのは次元《じげん》大介《だいすけ》だ」。

スパイク越しに人工芝の柔らかさを感じる。

西日を浴びながら、いつものメンバーが集まっていた。メンバー全員が元気と同じ三年生だ。スタジアムの中心で聞く大きな声援は、調子がいいときには勇気や自信を、ピンチのときには弱気や不安を増幅させる。だから、一気に勢いづいた相手チームを抑えるのは、並大抵の精神力でできることではない。

相沢高校野球部には三年は十二名いるが、一番下手なのが自分だろう、と元気は思っていた。そんな自分がなぜキャプテンに指名されたのか、その理由と意味を元気はいつも考えている。


「伝令を伝えるぞ」


マウンドに集まった、六人全員の顔が元気のほうを向く。泥だらけの顔には、やはり不安がにじみ出ていて手に触ることもできそうだ。

「わかってるよ。敬遠だろ」

エースの中島が、ぶっきらぼうに元気の言葉をさえぎった。

「岸川との勝負なんて、普通に考えれば避けるべきだ」

元気は黙って中島の顔を見つめる。誰も言葉を発さない。

チーム一の負けず嫌いは中島だ、ということを元気は知っている。周りとぶつかることはよくあったけれど、中島の負けず嫌いが、他人の足を引っ張ったり、不正を行うという歪んだ形で表に現れたことはない。いつでも正々堂々の勝負を好み、負けると面倒くさいくらいに悔しがって、極端に無口になる。実直でわかりやすい人柄、と元気は好ましく思っていた。地元新聞のスポーツ欄にも、エース中島とスラッガー岸川の対決に注目、という記事が出ていた。「絶対抑えきる」と中島は移動のバスの中で言ってもいた。

「なあ」と、ふいに元気は顔を上げて言った。

「三塁側の、俺たちのスタンドのほうを見てみろよ」

マウンドに集まっている六人全員が、元気の視線の先を追う。

「『一球入魂』の横断幕の『魂』の字のところから下のほう、スタンドの真ん中くらいの通路側に優香《ゆうか》ちゃんがいるの、わかる?」

「わかるに決まってるじゃん」とショートの森山が言った。森山は体は小さいけれど運動神経がいい。よく動く目をしていて、同時によくしゃべる。

「俺、監督見るフリして、実は優香ちゃん見てる」

「どこ?」とファーストの近沢が目を凝らす。近沢は体が大きくパワーはあるけれど、足が遅い。

「相沢の帽子かぶって、緩いウェーブの茶髪が光ってる……」

「あ、あれか。見つけた」

「パンツが見えてるんだ」と元気が言う。

「え?」と全員が一斉に声を上げた。

「パンツ、見えてるんだよね」

「ウソだろ?」と森山が言って、事実を確認しようとギョロ目をむいた。

「こんなに人が多いのに見えるわけがない」

「ホントだって。俺、視力がいいからわかるんだ。水玉模様。俺の位置からだと、よく見える」

キャッチャーの柴田が、手の甲で鼻の下をこすりながら元気のほうに体を寄せる。セカンドの田中もグラブで顔を隠しながら無言でスタンドを凝視する。その田中にサードの室井が、顔、顔、と指摘した。

「赤くなってるぞ」

「ひ、日焼けだよ」と田中が慌てる。田中はチーム一のいじられキャラだ。

「ゆぅ～うかちゃぁ～ん、さぁ～いこ～」

ルパン三世のモノマネをする元気に、バカだなおまえ、とみんなから笑い声が起こった。

元気は一人ひとりの表情を観察する。うまく力が抜けたようだ。


「監督からの伝令だ」

元気は言った。

「俺はおまえたちを信じてる。全力で勝負して勝ってこい。俺たちは、強い」

一瞬、グラウンドの上を風が吹き抜ける。

この感覚、と元気は思う。好きな感じだ。


「時間が過ぎてるよ。早くしなさい」

球審が近づいてきて、元気たちに注意を与える。

「はい。今終わります」

元気は返事をした。

中島は帽子を取って腕で汗を拭《ふ》くと、元気のほうにちらりと視線を向け、前を見据えた。そこにはきっと岸川が見えているのだろう。

「絶対勝つぞっ」

元気が言うと、おおおっし、という太い声が上がった。勇気や自信はときに、掛け声によって引き出される。

元気は球審に頭を下げ、駆け足でベンチに戻った。金子監督は軽くうなずいただけで、グラウンドにじっと視線を向けていた。

「プレイ」の合図がかかる。

STORY 3

Yoshio KOGA

「選手たちの輝きを支えたい」

古賀善雄

球審——キャッチャー後方

「タイム」とコールをし、古賀善雄《こがよしお》は両手を大きく広げて試合を止めた。

三塁側ベンチからタイムの要求があったからだ。伝令の選手がマウンドへと向かう。

顔を覆っているマスクに手を伸ばすと、マスクとの間にたまった汗が空気に触れ、顔にひんやりとした心地よさが感じられた。古賀はポケットから綿のハンドタオルを取り出し丁寧に汗を拭う。太陽は傾き、空は黄色く色づいている。

マウンドには選手たちが集まっている。二塁の塁審と目が合った。年齢が十歳ほど下の小山《こやま》だ。古賀が再び審判を始めたころに知り合った審判仲間だ。試合のあと、たまに飲みに行くことがあり、その日も誘われていたが、古賀は球場まで車で来ていた。

「前の日に言っておいてくれればなあ」と未練の交じった言葉を口にした。試合のあとには、審判員の反省会がある。その日の準決勝は、熟練したベテランたちが担当している。

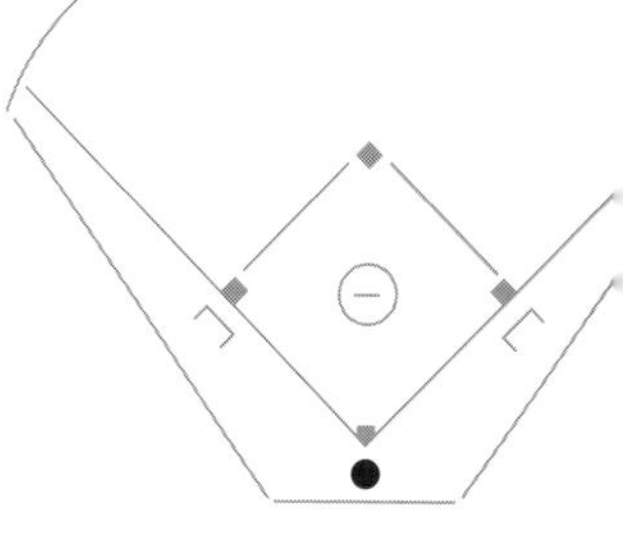

大きな問題でもない限り、帰りが遅くなることはないだろう。

「古賀さん、夏の大会の審判は今日が今年のラストですよね？」

「うん」

「俺もなんですよ。明日の球審は確か……」

「赤坂さん。塁審は濱田《はまだ》さん。あと今日はオフだけど、浦郷《うらごう》さんと平川さんか」

「その四人ならきっといい試合をつくってくれますね」

そうだな、と答えながら、古賀は少し寂しさを感じた。本当は決勝戦も審判員としてグラウンドに立ちたかったけれど、仕事は交代制のシフト勤務なので、二日連続で休むわけにいかない。明日は仕事が終わってから決勝戦の結果を知ることになるだろう。

「今日が俺たちにとっての最終戦だから、いいものにしよう」

「もちろんです。ただ今年の夏も熱い試合が多かったから、最終日だし、古賀さんと飲んで話をしながら気持ちをわかち合いたいんですよね」

小山の気持ちは古賀にはよくわかった。毎年、夏の神奈川予選が終わると、語り合いたい話題が山ほど出てくる。間近で見る高校球児たちの姿は、いつも何かを古賀に語りかけ、胸が熱くなるのだ。妻には申し訳ないけれど、妻を相手に話すのと、仲間同士で話すのでは、話の手応えがまるで違うのだった。

「赤坂さんと、濱田さんは明日もあるからなあ」

「まあ、二人は直帰だろうさ」

「古賀さんは車かあ……」

「残念だけど、な」

大会の最中、とりわけ翌日に試合を控えている場合、お酒を控えるという審判員が多い。ジリジリとした日差しの中に立ち続ける審判員の仕事は、一日に数キロも体重が減るほどに過酷だ。体調管理をして万全の状態で臨むことは、高校球児たちに対して果たすべき重要な役割のひとつだった。

古賀は、右後ろポケットからハケを取り出しホームベースの土を払う。整った白い輪郭を確認したあと、左手の中のインジケーターを確認する。審判がカウントを把握しておくために使う道具で、古賀のそれは何年も使い込まれたものだった。九回裏、ツーアウト、ナッシング。ランナー二塁、三塁。1打出れば南台が逆転するという場面。バッターは4番の岸川。優勝候補だった京浜大付属高校戦では岸川の決勝打で勝負が決まった。強打者であることに加え、勝負強さと、ラッキーボーイ的な勢いがある。バットスイングのレベルもほかの高校生に比べ、一段上であることを古賀は近くで見ながら感じていた。

（敬遠かもしれない）

古賀はそう予測した。審判はありのままに見ることが大切だが、瞬時のジャッジにも対応できるように、予測をいくつか立てておくことがある。

控え審判から三〇秒経過の合図が出た。

タイム終了を伝えようとマウンドに近づいたとき、グラウンドを風が吹き抜けた。心地がいい。

「時間が過ぎてるよ。早くしなさい」

「はい。今終わります」

背番号10の、真っ白なユニフォームのキャプテンから気持ちのいい返事が戻ってきた。追い込まれた状況なのに、その表情には一点の曇りもない。

「立派なものだ」と古賀は感心しながら近くで様子を見る。

相沢高校の円陣が解かれた。

スタジアムにわっという喚声が起こり、古賀も駆け足でホームベースの後方定位置へと戻った。いつのころからか白髪のほうが多くなってしまった髪を整え、マスクをかぶり、気持ちを引き締める。

生徒や保護者などの学校関係者、さらには野球ファン、約三万人の視線と熱気が、スタンドからグラウンドへと集まっている。そして、白球の行方に扇形の野球場全体が一喜一憂する。ホームベースの真後ろから眺める景色が、古賀の一番好きな光景かもしれない。

「プレイ」

のどを大きく震わせ、試合再開のコールをした。

古賀は普段、川崎にある鉄工所に勤務している。日勤も夜勤もあるが、審判の仕事が入ったときには、夜勤の仲間とシフトを交代してもらうようにしていた。

今日の試合もそうだ。古賀が高校野球の審判をしていることを会社の同僚たちは知っていて、古賀の交代の打診は慣れたものになっている。高校野球の審判にも日当は出るけれど、生活できるほどの収入ではない。だから多くの審判が本業を別に持っている。二塁の小山にしても自宅が酒屋で、今日は店番を奥さんに頼んで来ているはずだった。

古賀は五十八歳になる。現在は横浜の外れにある一軒家に妻と二人で暮らしていた。

子どもは二人いるが、去年、娘が結婚して家を出ていってしまって以来、夫婦二人暮らしとなった。長男の真博《まひろ》も結婚して都内のマンションに自宅を構え、都内の出版社に勤めている。

真博という名前は古賀がつけた。甲子園やプロ野球を通じて活躍した、桑田真澄選手の「真」と清原和博選手の「博」から漢字を一文字ずつ勝手に頂戴したものだった。

「野球選手になってほしかった」と、古賀は小さく苦笑いをする。

「できれば、スタンドから応援をしてみたかったなあ」

試合開始前、古賀はバックスクリーンのスコアボードを見つめ、目を細めた。

（南台高校——。真博の卒業した高校だ）

真博が進学を決めたとき、南台高校野球部なんて、と古賀は落胆したものだった。その南台が倒した京浜大付属こそが、真博に入ってほしかった高校だった。

もちろんそれは親の勝手な夢——。複雑ではあるが、古賀にとって、どちらの高校にも思い入れがあった。

四十年ほど前、古賀も高校球児だった。群馬の県立高校で、なかなかの強豪校だった。

甲子園出場の夢を見ながら、ついに実現することができなかった昭和の高校球児だった。ポジションはセンターで4番を打っていた。長打力があり、足も速かった。

高校卒業後は就職することがすでに決まっていたけれど、高校三年の秋に開催された関東のプロ野球球団のプロテストを受験した。合格できる、とまでは思っていなかったが、その結果を一つの区切りとして次の社会へと出ていくつもりだった。五〇メートル走や遠投などの一次試験は合格することができたが、二次試験のバッティングと守備の試験は不合格となった。

後悔はない、と納得して神奈川県川崎市にある今の会社へとやって来た。

広い敷地内には工場の建物がいくつもあり、鉄を溶かす溶鉱炉《ようこうろ》の熱気で、夏となく冬となく毎日作業着を汗だくにしていた。肉体的につらく、へこたれそうになることも多い仕事だったけれど、数カ月もすると古賀は慣れていった。

給料は悪くなかった。就職したころは、会社の経営状態も良く、年に二度のボーナスは、鉄工所の鉄のように心も溶けてしまいそうになるくらい満足できるものだった。今は勤続年数の分だけ出世して現場責任者のような立場にある。

古賀は、二十六歳のときに結婚して、二年後に真博が生まれた。

小さい真博に買ったおもちゃは、プラスチック製のボールとバットだった。

真博がボールを投げるのを見ては「ピッチャーがいいのではないか?」と思い、バットを振るのを見ては「左バッターとして育てたほうがいいのでは？」と頭を悩ませた。

「親バカかもしれないけど」と古賀は顔をほころばせていた。

「真博には野球の才能がありそうなんだ。まずは甲子園、そしてできればプロ野球選手になれたら最高だな」

まだ歩くこともできない息子を横目にそんなことを語る夫に、妻は苦笑いを浮かべうなずくだけだったけれど、古賀には冗談を言っている感覚はなかった。「親が子どもの可能性を信じないでどうする」と自分自身を叱咤していたし、だからこそ真博を抱きながら見るテレビのプロ野球中継は、「遠い世界の別の話」というわけではなかった。


古賀は会社の草野球チームに所属していた。

あるとき、当時の同僚に誘われ、野球の審判をやるようになった。

講習会を受け、審判員として登録されると、地元の野球大会の審判をした。やってみると、グラウンドで見る野球の試合が思いのほか面白かった。

三年ほど経験を積み、試験に合格したあとは高校野球の公式戦でも審判ができるようになった。最初は塁審が多かったけれど、経験年数が増えてくると、球審も任せてもらえるようになってきた。

もちろん、試合のときは真剣だ。ただ一方で、趣味のような感覚があるのもまた事実で、審判の日は気持ちがウキウキとしていた。

息子の真博が小学校に入ると、古賀は本格的に野球を教え始めた。

「ボールを捕るときには右手を添えるんだ」とか「バットに当たる最後までボールを見るんだ」と、まだボールを捕ることもままならない真博に指導していた。

真博は、小学三年生になると地元の少年野球チームに入った。

家の近所の少年野球チームは、地区の野球大会に出場しても、1回戦か2回戦で負けてしまうほどのレベルだった。大会で大きな結果を出すことより、子どもたちの基礎的な技術を伸ばし、勝つことよりも野球を楽しむことに主眼を置いているような雰囲気があった。

そしてそれが古賀には物足りなく感じられた。

保護者もコーチとして練習に参加できたので、しばらくすると夜勤の前や、日曜日の時間があるときなどに、コーチとして練習に参加するようになった。

練習中、古賀は真博にはほかの子どもよりも厳しく接した。野球選手として誰よりも上達させたいという一途な思いからだ。

「ボールを捕るときに顔を背けるんじゃない。怖がるな」

「バットを振るときには、足で壁をつくるようなイメージを持つんだ。違う、違う、そうじゃない」

真博が四年、五年と学年が上がるにつれ、古賀は指導方針やチームのあり方に関して監督と衝突することも出てきた。古賀自身が若く情熱的で、一生懸命だったのだ。

「しかしそれは……」と古賀が苦い思いで当時を振り返ることができるようになるのは、しばらくたってからだった。

そんな父親の姿を真博がどう思っていたのか、正確にはわからない。

真博が五年生になったころから、古賀は朝練の継続や、野球ノートをつけることなどを要求した。

「練習した分だけうまくなる。おまえはプロ野球選手になりたくないのか？」

朝練に手を抜いたり、ノートをつけていなかったりすると古賀は目を剥《む》いて怒った。

「こんなんで一流になれると思っているのか？　どうなんだ？　野球、うまくなりたいのか？　プロ野球選手になるっておまえ、言っただろう？」

あるとき、自分の息子の顔に怯《おび》えと萎縮の色が見え、古賀はハッと我に返ったことがあった。

古賀は身長が高く強面《こわもて》だ。毎日真っ赤な鉄と向かい合っているので、眉間《みけん》には深い皺が刻まれ、声も大きかった。怒鳴るとかなりの迫力があったのだろうと思う。気持ちを萎縮させても、いいことは一つもない。そう頭では理解していたものの、当時の古賀の指導は最終的に「鬼気迫るもの」となってしまった。

「そんなに怒らなくてもいいじゃないですか」

たまに、妻からそんなことを言われようものなら、むっつりと不機嫌になった。的を得ているだけに、取り繕う方法がほかになかったのだ。

「怒る必要はない。野球を嫌いになっては元も子もない」とわかっているのに、怒鳴って、眉間に皺を寄せてしまう。優しく、楽しく接しようと思っているのに、いざ練習となるとどうしても自分の悪い部分が出てしまう。

練習のあと、小さく見える息子の背中を見つめながら、後悔と苦々しい気持ちに胸が締め付けられることもあった。が、「厳しさも真博のためだ」と自分を納得させていたのが良くなかったのか、古賀はついにその「自分の悪い部分」から逃れることができなかった。

（若かったのだ）と古賀は時々思い出す。

（物事がうまくいくまで、ゆっくり待てる心の広さとか、今ある時間を楽しむ余裕のようなものがなかったんだなあ）

そのころ崩壊した日本のバブル経済の余波は、古賀の会社にも影響を与えていた。

会社の業務は縮小し、とろけるほど出ていたボーナスも、すっかり冷えて硬くなっていた。

それでも、と古賀は必死で仕事をがんばった。リストラの噂が社内に広がるなか、会社をクビになるわけにはいかないと、真剣に仕事に取り組んだ。

「真博は京浜大付属に行かなきゃならないからな」と古賀は妻に話していた。

「私立は学費が高いし、それに野球部は遠征費がとんでもないらしい」

年間の学費や部活にかかる費用のことを調べ、真博の高校入学までに十分な貯金をする計画をした。妻の提示した小遣いの額に「ちょっと少なすぎやしないか……」という言葉も出かかったけれど、必死に呑み込んだ。小遣い節約のために、たばこもやめた。古賀の会社仲間のほとんどが喫煙者だったので、仕事の休憩時間は精神的にきつかったけれど、それを乗り越えることができた。

審判員仲間や少年野球のつながりで、京浜大付属に進学する具体的な方法も情報として得ていた。中学の勉強と野球の成績にもよるが、推薦で入学できる方法がある、ということもわかった。「なんとかして京浜大付属の監督とのつながりを持ちたい」と思いをめぐらせたりもしていた。

だから、真博が中学生になって陸上部に入ったときはショックだった。

その話を妻から聞いたとき、言葉を失った。

「なんで？」

そんな言葉しか口から出てこなかった。

「嘘だろ？　陸上部……。野球部じゃなくて？」

真博が小学校高学年になったころから、避けられているような気配を古賀は感じてはいた。古賀が帰宅したとき、リビングがガランとしていて息子が部屋から出てこないというようなことが多くなってきていた。一緒に部屋にいるときにも、真博はあまり笑わなくなった。そんな思春期の息子との向き合い方に、古賀は困惑している時期だった。野球をしているときには話ができたけれど、それ以外では会話がなくなっていた。

「もう、入部届け、出してしまったのか……?」

放心状態の古賀の前には、すっかり泡のなくなってしまったビールのグラスが置かれているだけだった。

「そうみたいよ」と妻も古賀を慮《おもんぱか》っているように言った。

「いつ聞いたんだ?」

「聞いたのは今日よ。でも、入部を決めたのはもっと前みたい」

「練習には行ってるのか……?」

「おとといから本格的に始まってるって」

「なんで……なんでもっと早く教えてくれなかったんだ?」

「知らなかったんだから、しょうがないじゃない」

古賀はビールグラスを口に運んだ。ぬるく、苦い味がした。

「陸上、どうだって言ってる?」

「楽しいって」

「野球は……?」

「どうなんでしょうかね」

「入部の……その……変更なんかはできないのかな？」

妻は寂しそうな表情をするだけだった。

時計を見ると、夜中の一時を指していた。勤務時間が十一時までの日だった。真博の部屋の電気は消え、ひっそりとしている。


次の朝、真博が朝食を食べ始めたときを狙って、古賀はテーブルに着いた。その日の出勤は遅めでよかったけれど、古賀は早くに目を覚ました。

しかし結局、「おまえ、陸上部に入ったんだって？」という話題を口にすることができなかった。

「なんで野球部じゃないんだ？」の代わりに「中学は……どうだ？」と尋ねた。

「別に。普通」

「そうか。楽しいか？」

「楽しい」

「そうか……」

そこからは納豆を混ぜ、みそ汁をすすり、ご飯を口に運んだ。

(母さんから聞いたぞ。なんで野球部じゃないんだ？)

（どうした？　何か嫌なことでもあったのか？　野球じゃないなんて？）

そんな言葉が頭の中で駆け巡る。

古賀は手元に置いた新聞をめくっていた。もちろん頭には入ってこない。真博の動きを意識しながら、文字を視線でなでるだけだ。

そうこうしているうちに真博は「ごちそうさま」と席を立ってしまった。古賀に背を向けるように立ち上がった。そんなふうに感じられた。

「どうして野球部じゃないんだ？」と尋ねたなら、真博の口からその理由を聞くことはできただろうか？

古賀はグラスの水を口に運んだ。

「陸上部が良かったから」と言うかもしれない。「野球部が嫌だったから」と話すかもしれない。あるいは「父さんと野球をやるのがつらい」と答えるかもしれない。

コトンと音を立ててグラスをテーブルに置き、古賀はため息をついた。

首を横に振り、いや、と思った。

（きっと真博は俺に、心の深いところにある本当の気持ちを語ってはくれないだろう……）

真博がいなくなったテーブルで、なぜ野球部じゃないのか、の問いは古賀自身へと向けられた。少年野球のときの監督との衝突のこと、強制した朝練のこと、怒鳴り過ぎたこと、楽しませることを忘れていたこと、一人の人間としてのリスペクトを欠いていたこと……。

様々な「答え」が脳裏に浮かんできた。ただ、どの考えも、玄関前に用意された新品の陸上用の靴の前では無意味に等しかった。真博は父親との話し合いを避け、陸上部に入るという結果だけを突きつけてきた。それがすべてだった。

「なんで真博くんは野球部じゃないの？」

野球つながりの知り合いにはよく聞かれた。

聞かれるたびに、古賀はあいまいにうなずきながらも、「陸上部で足を鍛えてから高校で野球をやる予定なんだよ」と答えていた。そう言うしかなかった。

「へー。でもそれでいいのかい？」

そう聞かれると、古賀は苦い表情になった。

「高校になって一生懸命がんばってくれれば、それでいいよ」

実際、中学生になってしばらくしたころ、真博も似たようなことを口にしてくれた。高校に入ったら野球部に戻るかもしれない、と。

「野球はもうやらないのか？」とようやく古賀が尋ねることができたときだ。真博は「高校に入ったら考える」と言ってくれた。が、そのときにも、口元を緊張させ、弱々しい視線を泳がせる真博の表情を見て、古賀は心の底から自分のやってきたことを悔いた。真博はやはり、野球のことになると古賀に怯えている。古賀は自分を殴り倒したくなるくらいに悔いた。ただそのときには、体が大きくなりつつある小さい息子に、できる限りの優しい視線を向けるのが精いっぱいだった。

（真博から野球を……野球の楽しさを奪ってしまったのは自分なのだろう）

風呂に入っているとき、夜勤の休憩時間に缶コーヒーを飲んでいるとき、車を運転しているとき、真博の表情が思い出され、体の芯が抜け落ちるような感覚になった。

（自分の夢を子どもに背負わせていただけなのか？　子どもを自分の分身のように思っていたのか？　一人の人間としてきちんと見てあげられなかった。なんでも言うことを聞くものだと思っていた。子どものためという言葉の殻をかぶった偽物の思いやり。自分のことだけしか考えてない行動。俺は、なんて……なんてひどく、わがままな人間なんだ）

その後、真博は中学を卒業すると、京浜大付属高校ではなく県立の南台高校に進学した。

そこそこの進学校らしいことを、古賀は妻から聞いた。真博の進学に対して芳しくない反応の古賀に、妻は「野球やらなくたって私たちの子どもじゃないですか」と言った。

そんな真博から「野球部に入部した」という報告を受けたとき、古賀は救われた気がした。

胸を押さえつけていた重しがとれた思いがした。

(今度は)と思った。

(今度は真博の思いを、一人の人間としての真博を大切にするぞ)と思った。

古賀の毎日に彩りがよみがえった。年甲斐もなく、胸がワクワクとした。

しかしその思いも、長くは続かなかった。

数カ月したときに「やっぱり陸上がやりたい」と、真博が野球部をやめることを伝えてきたからだ。古賀は「そうか」としか言えなかった。

その後、野球部の友達から退部を思いとどめる電話がかかってきたりもしたけれど、結局、真博は野球部をやめ、陸上部に入った。それと同時に古賀は審判の仕事も受けなくなった。高校野球をしている選手を見ていると、真博と、自分が壊してしまったものが思い起こされてしょうがなかったからだ。

「そんなに落ち込んで考える必要はないんじゃないですか？」と妻は言った。

「真博は、あなたのせいで野球をやめたわけではありませんよ。陸上が好きだから、陸上部に入ったんですよ。それは、野球が好きで野球を続けているあなたと同じですよ」

誰に命令されるわけでもなく、陸上の朝練をしている真博を古賀はよく見かけた。朝食の席に着くと、髪を汗で濡らし、頬を紅潮させた真博がいた。

「走ってきたのか？」

うん、と真博はうなずいた。そのころ、真博の身長は古賀と同じくらいになっていた。

真博が高校生のときに、古賀は、一度だけ駅伝の応援に行ったことがある。

コインパーキングに車を停め、ほかの応援客に交じって沿道に並んだ。信じられないくらいのスピードで走る高校駅伝の選手たちに驚きながら、真博がやって来るのを待っていた。

しばらくすると、ほかの高校の選手と並走する息子が見えてきた。

「真博っ」

前を通り過ぎるときに、古賀は大声で名前を呼んだ。

桑田真澄選手の「真」と清原和博選手の「博」からとった名前。

「真博っ。がんばれっ」

真博は父親の姿を認めると、真っ赤にした顔でわずかにうなずき、並走する選手の一歩前に出た。

あっという間に真博の姿は小さくなっていった。

その消えていく姿を見ながら、古賀は目頭が熱くなるのを感じた。しばらく眉間を指で押さえてから、ふうっと息をついた。何が目頭を熱くさせたのかはわからない。きっと、様々な思いが込み上げてきたのだろう。


真博が高校を卒業して大学に入学すると、古賀は再び高校野球の審判を始めた。

STORY 4

Junichiro IWASAKI

「新しい何かに挑戦したい」

岩崎淳一郎

南台高校野球部OB ―― レフトスタンド

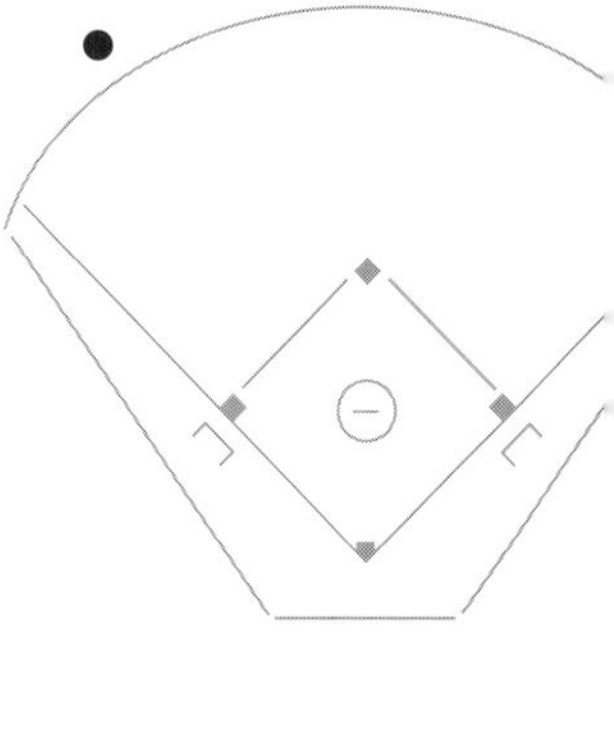

「まさかの外野席だな」

岩崎淳一郎《いわさきじゅんいちろう》は、ため息とともに岡本賢司《おかもとけんじ》をうらめしそうに見やった。色白の顔が日焼けで赤くなっている。

「まだ、それ言う?」と岡本は半ばあきれ気味に答える。

「そろそろ忘れてくれてもいいんじゃないかな?」

「あ、そういえば私」

と二人の間に座っている鳥井久美《とりいくみ》が声を上げた。

「野球場の外野席って初めてだ。今までは内野スタンドかベンチばっかりだったから」

ささやかな気づきに満足したような顔をする。久美は日差しを避けるため、ツバの広い帽子をかぶり、白いショールを羽織っている。

時刻は午後四時四十分。

仕事の大半を終え、帰り支度を始めるように太陽が傾き始めていた。が、依然暑い。夏がくるたびに、去年の夏はこんなに暑かっただろうか、と淳一郎は不思議に思っている気がする。

「それにしても」と岡本はスタジアムを感慨深げに眺め回しながら言った。

「こんなに観客が入るなんて考えられるか？　県立南台高校の試合だぜ。内野席が満席って聞いたときはどうなるかと思ったけど……入れてよかったよな」

「遅刻してきたおまえが言うかな？」

淳一郎は再び口をとがらす。

「だから、ごめんって。でも遅刻だけが原因じゃないだろ？　駐車場があんなに混んでるなんて思うか？」


南台高校対相沢高校の準決勝は、その日の第二試合、午後一時半の開始予定だった。

淳一郎と岡本は元南台野球部の部員だ。久美はマネージャーだった。今では結婚して、名字が変わっている。三人は高校時代から仲がよく、付き合いも古い。その日も一緒に昼食を食べてから、岡本の車で横浜中央スタジアムに来ていた。

最初は四人で来る予定だったが、ひとりは仕事の都合で来ることができなくなった。

その待ち合わせ時間に、岡本が大幅な遅刻をしたのだ。岡本を待つ間、淳一郎はかつての苗村《なえむら》久美と二人でテーブルをはさんでいた。淳一郎は気持ちがどこか落ち着かず、それがバレないように何度か腕や足を組み替えた。

「髪、短くしたんだ？」

という問いかけに
「似合うでしょ？」

と久美はいたずらっぽく笑った。

「長いと乾かすのに時間かかっちゃって」

「それにしてもよく来れたね？　子ども、平気なの？」

「うちのジージとバーバが見てくれてるから、平気なんだ。二人とも娘のこと溺愛《できあい》してるから」

胸の内にあるしこりのようなものは、久美の今の生活や、夫や子どものことを聞くにつれ、ほぐれていった。そんなやり取りをしていると、岡本がやって来た。

「遅い」と二人で非難したけれど、「第一試合が延長で延びたから平気、平気」と悪びれるふうもなかった。

試合開始は午後三時過ぎに変更になった。そのころにはスタジアム近くには到着していたが、駐車場の空きスペースを見つけるのに手間取り、結局少し遅れてスタジアムに入ることになった。入場ゲートの前に並んでいたとき、大きな歓声が聞こえてきた。三人が座席に着いたのは相沢高校が一回の攻撃を終えたところで、スコアボードには2点が入っていた。

三人はレフトスタンドの前方にいる。

見渡す限り、スタジアムは人で埋まっていた。

公立高校同士の対戦であることに加え、南台のスラッガー・岸川、相沢の剛腕・中島という注目の選手の存在もあって、試合はインターネットやテレビ、新聞のニュースなどで大きな話題となっていた。

淳一郎たち三人の野球部の同期は一塁側スタンドにいるが、集まっているのは同期だけではない。先輩や後輩はもちろん、歴代OBたちが集結している。みんな、南台の躍進に胸を熱くしているのだ。野球部後援会からは、甲子園出場が決まった場合には遠征費用を協力してほしい、という連絡も回ってきている。

淳一郎はスコアボードを確認した。試合は七回裏まで進んでいた。南台が2対3で負けている。一時は0対3と3点差をつけられたが、五回の裏に相手のエラーもあって、南台は2点を返していた。

「でもなぁ……」

日焼け止めクリームを塗り直しながら、久美が残念そうに言う。

「私も一塁側のスタンドに行きたかったなあ。あっちだと応援が楽しそう」

「だから」と岡本がさすがに渋い表情をする。

「ごめんって」

あは、と久美は声を上げて笑った。

「ちょっと意地悪だった？」

「笑いながら厳しいこと言うの、相変わらずだよな」


岡本と久美には、付き合っていた過去がある。

高校時代の話だ。夏の大会が終わったあとから付き合い始め、大学生になってしばらくすると別れたという。

淳一郎はその当時のことをよく覚えていた。久美の横顔を不自然にならない程度に見つめる。整った顔立ちをしていて、笑うと横に大きく広がる口は変わっていない。その隣には岡本が座っていて、取り合わせのいい服のように、二人は似合っていた。

「南台、すごいな」

淳一郎は、まぶしそうな視線を、今度はグラウンドに向けて言った。

「神奈川のベスト4まで残るんだからな。甲子園まであと2勝かよ」

「俺たちもあと一歩だったんだけどな……さすが我らが後輩だ。先輩の意志をきちんと継いでくれてるよ」

「俺たちがあと一歩だとしたら、そりゃ相当大股の一歩か、じゃなきゃ幅跳びだよ」

淳一郎、岡本、久美は今年で二十九歳になる。三人が三年生だった南台高校野球部は夏の予選大会三回戦で敗退していた。

「あのときの俺の打球がスタンドまで届いていれば……あと一メートルでホームランだったのに」

と言う淳一郎に

「前に会ったときには、あと二メートルって言ってなかったっけ？」

「私はあと三メートルって言ってるの聞いた」

岡本と久美の会話に、「都合のいい記憶だな」と三人で笑い声を上げた。

伝令 | STORY 4 岩崎淳一郎

笑いながら、淳一郎は埋もれてしまいそうな、その当時の記憶《シーン》を思い出していた。

金属バットの打球音の余韻、見上げる空に舞い上がる白いボール。

走りながらボールの行方を追いかけ、それが外野手のグラブにおさまる。

試合終了。

最後のバッター。

「それにしても南台には分が悪いな。相手のピッチャー、中島くんだっけ？　相当いい球、投げてるよ。評判になるの、わかるね。あれは簡単には打てんわ」

「岡本があのくらいの球を投げてればな」

淳一郎がボソリと言う。

「俺は頭脳派ピッチャーだったから、タイプが違うんだよ。偏差値の高い繊細な投球が持ち味だったたから」

「赤点ばっかりだったくせに？」と久美が笑う。

「あー、よく言うよ。赤点はお互いさまだろ。久美も補習は常連組だったじゃないか」

「私のほうが、まだマシだったって」

「いや、淳はともかく、俺は久美には負けてなかった」

「物理十六点なのに？」

「ちょっと待って。十六点なんて取らない」

「取ってたじゃん」

「十九点だ」

「変わらないよ」

「変わるよ。今、南台にプラス3点あったら逆転だろ？」


試合は終盤にさしかかっている。

相沢高校のピッチャーは、評判どおりの実力だった。前の試合で野球エリートの集まる海老名学園を抑えきったのもうなずける。そのボールを打ち崩すのは簡単なことではないだろう。南台高校の選手のバットが空を切るごとに、相沢高校応援団が陣取っている三塁側のスタンドがわいていた。南台の攻撃が終わり、守りについていた相沢の選手が、ベンチへと引き上げていく。


「ところで」と淳一郎が口を開いた。

「岡本の店はどう？　順調？」

おかげさまで、と岡本は頭を下げた。

「どうにか順調にきております」

「オシャレなお店だよね。料理もおいしいし」

と久美が言う。

「最初はなかなかね、要領がつかめなくて慌ただしかったし、正直、客の入りに関して不安もあったんだけど、最近は軌道に乗ってきた感じがするんだよな」

「すごいよねぇ。今度家族で行くから。何割くらい友人割引してくれるの？　半額とか？」

甘えたように言う久美の言葉に、申し訳ありませんお客様、と岡本は慇懃《いんぎん》に言葉を口にした。

「私どもには、そのような余裕はございません」

岡本は高校を卒業すると、都内の私立大学に進学した。

そのころから、岡本は自分の店を持つことを目標に掲げていて、飲食店のアルバイトを相当にがんばっていた。たまに顔を合わすとその夢を熱っぽく語ったけれど、周りは飲みの席の話題くらいにしか思っていなかった。

大学を卒業すると、引っ越し会社に就職した。営業職はがんばり次第で大きく稼げる、というのがその会社を選んだ理由だった。

周りの仲間からは、大変な仕事だよ、という心配の声もあった。けれど、岡本は礼儀正しく快活で、人からとても好かれたので、営業成績は随分と良かった。また、率先して現場にも出向き、残業を頼まれれば二つ返事で引き受けたりもしていた。五年ほどかかって、岡本はとうとう目標の開業資金をためた。ただ、いざ辞めようというとき、ある程度広い範囲のエリアリーダーになっていたこともあって、会社との間にひと悶着があった。淳一郎も久美も居酒屋でリアルタイムでその相談を受けている。

「辞めて、自分の目標に挑戦すべきだ」

と言ったのが淳一郎で

「辞めずに、もうしばらく様子を見たほうがいい」

と言ったのが久美だった。

結局、岡本は引っ越し会社を辞め、二カ月ほど一人で海外放浪の旅に出た。帰国後、付き合っていた彼女と結婚して、ついに昨年の春に店をオープンした。

外国放浪の旅については「これからしばらく仕事一筋だからその前にご褒美」と言い、結婚については「人生を共に歩む最高のパートナーを得た」と言っていた。

岡本のカフェバーは、横浜でもオシャレな飲食店の集まる地区にある。店はそれほど大きくはない。が、店内は温かみと大人っぽさの両方を兼ね備えているようで、ＢＧＭは岡本の趣味のジャズピアノが流れている。淳一郎も何度か顔を出したことがあった。

「お店の立地がいいよね。人通りもけっこうあるし、いろんな人が来てくれそう」という久美の言葉に「運がいいんだよ」と岡本はうなずいた。

「テナントのオーナーとたまたま知り合うことができてさ、けっこう安く借りられたんだ」

「ドアも壁もさ、内装の木の感じが俺はすごくカッコいいと思う」と淳一郎も感想を言う。

「それを言ってくれるのはうれしいよ。すごくこだわったからな。ただ、それも知り合いの材木屋がかなり無理を聞いてくれてさ、実費以外のところで、かなりがんばってくれたんだよ。そう考えるとホント、周りの人に感謝だよな」

岡本は昔から人の懐に入るのがうまい。人との付き合い方が丁寧だからか、岡本の周りには人が集まってくる。

「岩崎先生」と岡本が淳一郎に顔を向ける。

「よかったら、先生の生徒にもお店を紹介してくれませんか？」

「大人になったら行けって言っとくよ」

「淳くんのとこの生徒が、卒業してから岡本くんのバーへ行くなんて流れができたら、経営的に安泰だね」

「テナント料もね、安くはしてくれてるんだけど、やっぱり横浜のいいとこだから高いし、競争も激しいからさ。今はできるだけ人件費を切り詰めてるんだけど、そろそろスタッフを増やすことを考えないと店が回らなくなってきて……」

「へー、そうなんだ」

「だからさ、久美」

岡本は久美の肩に手を置いた。

「子育てが落ち着いたら、俺の店を手伝ってくれない？」

「えっ？　なんで私が？」と久美は驚く。

「給料はお酒ってことで……」

「……は？　お酒？」

「と、おつまみ数種もつける」

「ありがたいお申し出ですが」と久美はわざとらしくまじめな口調になった。

「お断りさせていただきます。私にも、ほかにやりたいことがありますから」

そんなやりとりを聞いていると、淳一郎はチクリチクリと胸が痛んだ。

南台対相沢の試合は八回の攻防に入っていた。終盤に差しかかり、ワンプレーごとに球場が歓声につつまれる。

淳一郎の胸の中にあるもやもやとした思いは、試合とは別にある。

「ナイスピッチ」という岡本の声がする。

妬《ねた》む自分か、あるいは、ふがいなさに憤る自分が、小さな針でつついているのかもしれない。横にいる友人と勝負をしているわけでも、競争しているわけでもないのに。

「がんばってくれよ」という岡本の声がする。

ほかの誰かが、一歩一歩着実に前に進んでいるのを見ると、どこか、負けたような、置いていかれているような感じがしてしまう。

(おいおい、おまえは今のままでいいのか?)

と脳裏に問いがわく。

(行き止まりの多い人生だな)

キンッという快音に、スタジアムがわいたけれど、試合に大きな変化はなかった。

八回裏の攻撃を終え、依然として2対3で南台が負けている。

「このまま負けちゃうかもしれないね」

久美の声のトーンが低くなる。

「いや」と岡本はペットボトルの水を口に運んでから言った。

「まだわからないよ。最終回の南台の攻撃は9番からだろ？　もし4番の岸川まで回れば、何かあるかもしれない」

「岸川くんっていいバッターなの？」

「三日前の準々決勝で、あの京浜大付属に勝っただろ？　岸川の1打で試合を決めたんだよ。俺らの感覚からいったら、あの京浜大付属に勝つなんて信じられないよな。岸川ってほんとに勝負強くてさ、ここぞってときに打つ。俺たちの代で言う淳みたいな存在だな。頼れる4番」

（俺は本当に大事なときに、打てなかったけどな……）と淳一郎は心の中で思ったが、口には出さなかった。笑いながら小さく顔を振る。口に出すと、場の雰囲気を濁す可能性が高かったし、惨めになりそうだったからだ。

試合に集中しているふりをして、グラウンドのほうへ視線を注ぐ。

日差しが強い。

座って見ているだけなのに、額に汗が浮かぶ。淳一郎はＴシャツの袖を少したくし上げ、タオルで汗を拭った。

マウンドでは、南台のピッチャーが投球練習をしている。背番号１のエースは二年生らしい。


「淳くん、塾の先生は順調？」

久美が聞いてきた。

「まあまあだよ」

「今は夏期講習の時期だよね？」

「淳は先生だもんな。さすがだよ。俺はもう高校時代の勉強なんてスッカラカンだ」

と言う岡本に
「その言い方だと、もともとは何かあったみたいじゃん？」

と久美が言った。

「いや、だから、少なくとも久美よりはできたんだって」

「物理も十九点だし」

「そう、十九点。確か学年平均は三点くらいじゃなかったかな?」

それはない、と久美はひととおり笑ってから、再び淳一郎のほうに顔を向けた。

「淳くんは頭が良かったからね。野球の練習も、毎日みんなと同じようにしてたはずなのに、どうしてああも成績が違ったのか不思議だよ」


淳一郎の成績が良かったのは事実だった。

野球部を引退してからは、それこそ何かに取り憑《つ》かれたように勉強して、岡本や久美とは学年順位が一〇〇位以上も違った。受験では偏差値が自分の体重と変わらないくらいの大学に挑戦もした。もしその大学に合格していれば、南台高校初の快挙だったのだけれど、やはりあと一歩のところで不合格だった。

その次の年、一浪して再び同じ大学に挑戦した。しかし、結果はやはり不合格だった。進学したのは、滑り止めで受かった大学だった。

「あと一歩の男」という自嘲気味な思いと、不本意な大学に来てしまったという落胆は、淳一郎の大学生活に影を落とした。

ひねくれた精神での大学生活は、楽しいはずもなく、根無し草のように無目的な時間が長く続いた。

その影響か、淳一郎は高校時代の仲間との関係にも、少し煩わしさを感じるようになっていた。賢い、賢い、と持ち上げられながら、結局は第一志望の大学に受からなかったこともその原因の一つだった。ただそれよりも、岡本と久美が、二人一緒にいる姿を見るのがつらかったことがある。

淳一郎もまた、久美に特別な想いを抱いていたのだ。

高校の間、ずっとだ。

野球を引退したら気持ちを伝えよう、と思っていた矢先に、岡本と久美が付き合い始めたことを知った。言いたかった言葉は結局胸の中にしまったままで、あきらめのついた今がある。


大学に入学して数カ月がたったころだろうか、淳一郎はその後の大学生活で夢中になるものに出合うことになった。それが演劇だった。

大学の友人に誘われたのがきっかけだったが、もともと淳一郎に演劇への興味がないわけではなかった。本や映画は好きで、入り組んだ伏線が最後に劇的な展開を見せるような作品に出合ったときなどは、感動でしばらく呆然とした。それと同時に、作者の才能を羨《うらや》んだ。作家や監督の息遣いが感じられるような魂のこもった作品に出合ったときには、その魂を自分の中に刷り込むかのように何度も読み返したり、見返したりした。そして、いつかは自分で作品をつくってみたいという思いは、漫然とだけれども、確かに心の中にあった。

大学での演劇では、最初は役者として舞台に上がり、しばらくすると脚本を書くようになった。ストーリーを考え、それをもとに脚本を仕上げる。初めて自分が書いた脚本で上演されたときのことは、今でも覚えている。

秋の学園祭のときだ。

部室に入り浸っては演出家や役者と打ち合わせをした。公演直前まで何度も書き直しをした。何週間もかけて、ああでもない、こうでもない、と意見をぶつけ合いながら練習やリハーサルを行った。

当時はその忙しさが悩みの種だったけれど、今にして思うと、そんなのは悩みでもなんでもない。脚本に頭を悩ませた時間や、寝ても覚めても制作作業に明け暮れた時間は、ただただ、純粋に幸せな時間でしかなかった。そういう大切なことに、人はなぜか過ぎ去ってからでしか気づくことができない。

仲間と夜遅くまで研究室や居酒屋で演劇論や映画論を展開し、将来の夢を語り合った。酒が入ってケンカになったり、なぜかみんなで泣いたりもした。白々と夜が明けるころ、始発で家に帰り、目を覚ましたら昼過ぎだということもしょっちゅうだった。そこからまた脚本を練り直す。

そんな毎日の繰り返しで、大学の勉強なんてそっちのけだった。実験のない文系の学部だったので、単位を取るための試験は、知り合いにノートを回してもらい一夜漬けで乗りきった。レポートはインターネットという情報社会の恩恵にあやかって、合格ラインすれすれで切り抜けていた。

学園祭が近づくと、大学の構内に演劇用のテントを一日がかりで設置した。そこに照明や音響などの機材を運び込み、舞台を整える。当時の淳一郎にとって、大学の講義よりも、ペンキや絵の具のにおいの充満した暑いテントの中での濃密な時間のほうが、はるかにリアルだった。

三日間で五ステージ。テント袖や客席で、観客の笑い声を聞いたり、涙する顔を目の当たりにするにつけ、充実した気持ちになれた。自分の道はこれだと思うようになった。

「作家になろう」と思っていた。

「それ以外に道はない」、本当に、そう思っていたのだ。

岩崎淳一郎

いつか自分の書いた作品が本になり、舞台になり、映画になる。本屋で自分の本を立ち読みし、映画化された自分の作品を客席から見る——。なんてワクワクすることだろう。考えるたびに淳一郎の胸は高鳴った。

大学での仲間もでき、何度かの恋にも、のめり込んだ。

新しい場所の居心地はよく、高校時代の仲間との付き合いは、さらに薄いものになっていった。

ただ、そんな淳一郎に、岡本だけは連絡を取り続けてくれた。

大学四年になり、蜃気楼《しんきろう》のように遠くで揺れていた卒業というイベントが、はっきりした輪郭を持つようになってくると、決めたはずの思いが揺れだした。

(本当に、自分は作家として食べていけるようになるのか?)

ここぞという場面で、決まって不安げな顔の自分が、心の中で問いかけてくる。演劇関係の道に進んだ先輩たちの苦労話も耳に入ってくる。

「お金にはならないよね。楽しくはあるけどね、楽じゃないよね」

周りが就職をどんどん決めていくことと、自分の卒業が目と鼻の先まで迫っていることに焦り、淳一郎は当時バイトしていた大手学習塾に就職することにした。

それから六年がたつ。本はもう書いていない。

(なぜあのとき、作家として勝負しようとしなかったのか——)

ひとり、こっそりと思う。

それはきっと、うまくいくとか、うまくいかないとかのもっと手前にある、全力で挑戦しなかったことに対する後悔……、その鈍い痛みが胸の奥にある。あのとき決断しておけば、自分はもっとほかの何かになれていたのかもしれない、という気持ちが過ぎゆく時間の中で大きくなる。

「ナイスバッティング！」

という岡本の声に合わせるように、スタンドが花火のように盛り上がる。

試合は2対3で迎えた九回裏の攻撃。南台の9番バッターがヒットを打って出塁した。

五回以降、ようやく出た4本目のヒット。

「同点のランナーが出たな。勝負はまだまだわからない」

岡本も久美も手を叩いて喜んでいる。

南台の次のバッターがバントでランナーを進め、ワンアウト、ランナー二塁となった。

「俺さ」と淳一郎は口を開いた。

「今の仕事、辞めようと思ってるんだ。新しい何かに挑戦したい」

二人は淳一郎のほうに顔を向け、再びグラウンドに視線を戻した。

「我が南台がこの試合をひっくり返そうかってときに」

岡本が言う。

「そんな話題出すかな?」

久美が半分笑いながら、岡本の言葉に続ける。

「いいと思うぜ」と岡本がちらりと淳一郎に目を向ける。

「だっておまえ、ずっと仕事辞めたそうだったじゃん」

「えっ……」

「そうだね」

「気づいてた?」

驚く淳一郎に
「気づいてないと思った?」

と久美が言った。

「淳くんがいないところで、みんな言ってたよ」

「そうそう」と岡本がうなずく。

「なんかたまった高校生みたいだなって」

「ちょっとその表現、汚い」

顔をしかめる久美を無視して、岡本が聞く。

「何かやりたいことでもあるの？」

「俺は……」

淳一郎が言いかけたとき、スタジアムが再びわいた。

2番バッターが、フォアボールで出たのだ。

「よしっ。一、二塁だ。3番がきっちり送って4番の岸川だろ」

岡本の声は興奮気味だ。一塁側のスタンドの声援が、巨大なうねりとなって淳一郎たちのいるレフトスタンドまで届く。

「やっぱり、私、あっちのスタンドがよかったな」

久美が恨めしそうにつぶやいた。

「もしかしたら岸川がホームランを打つかもしれないぜ。そうなったら、ボールが飛んでくるのはレフトスタンドだ」

だからラッキーだ、とでも言いたげな顔を岡本はしている。

「ホームランねぇ」

岡本の予想どおり、南台高校の3番バッターはバントでランナーを送った。二塁と三塁にランナーが進む。そして、審判から「タイム」のコールがあり、相沢高校から伝令が出た。背番号10のキャプテンが軽快な足取りでベンチから駆け出し、内野を守っていた選手たちがマウンドに集まった。


「どんなことを話してるのかな?」と言う久美に
「敬遠の伝達だろ?」と岡本が答えた。

「勝負してほしいよな」

淳一郎はつぶやくように言った。

「しょうがないよ。南台では間違いなく岸川が一番いいバッターだし、何より勝負強い。普通に考えたら敬遠さ」

「打ちそうな雰囲気あるもんね」と久美も納得する。

「もし、俺が監督なら」と淳一郎が口を開く。

「全力で勝負しなさい、って言うな。俺が責任取るから、自分を信じて勝負しなさい」

「そりゃ、かっこいいけどさ、ちょっと危険じゃないか?」

「一塁が空いてるし、南台では岸川が一番打つ確率が高いから普通は敬遠。でも、心に正直な、悔いのない勝利を目指すなら、きっと全力で勝負だよ。選手たちだって勝負したいって衝動が渦巻いてるはずだ。こんなに熱い試合をしているからこそ、特に、さ。全力の勝負の先には、勝ち負けを超えたものがあるような気がするんだ」

「まあ、おまえが監督だった場合はそうだろうけどさ、マウンド上の彼らが同じように考えているかね」

「考えるさ」と淳一郎は即答する。

「言いきるねぇ」

「だってあのキャプテン、いい顔してる。自分を信じて勝負だ、って言ってるはずだよ」

「この距離じゃ、顔なんて見えないでしょ?」と久美が言う。

「目がいいんだよ」

「全力の勝負の先にあるものねぇ」と岡本が言った。

その言葉が血液のように体をめぐっている。

三人の間を風が吹き抜けていく。

勝負

The Confrontation

STORY 5

Takashi NOGAMI

「こんな僕でもやればできることを示したい」

野上貴志

バックネット裏・観客席

野上貴志は横浜市内にある南台高校の三年生で、チーム４番の岸川勇人とはずっと同じクラスだった。

貴志は小さいころから、スポーツが苦手でおとなしく、小学校の教室では、大騒ぎする男子グループの輪の二周りほど外から眺めているタイプだった。

ただ、貴志も野球は大好きだったので、地元の少年野球のチームに入っていた。当然のように補欠だったけれど、練習を休むことはなかった。試合には監督の「思いやり」で出る程度で、重要な局面では攻撃も守備もベンチで迎えていた。

身長だけは人並みかそれ以上に高かったけれど、いくら食べても体重は増えなかった。そのせいか、貴志の小、中学校のころのあだ名は「かかし」だった。貴志だから「かかし」。「かかし」というあだ名には好ましい響きはなかった。どちらかというと、嘲笑《ちょうしょう》的なにお

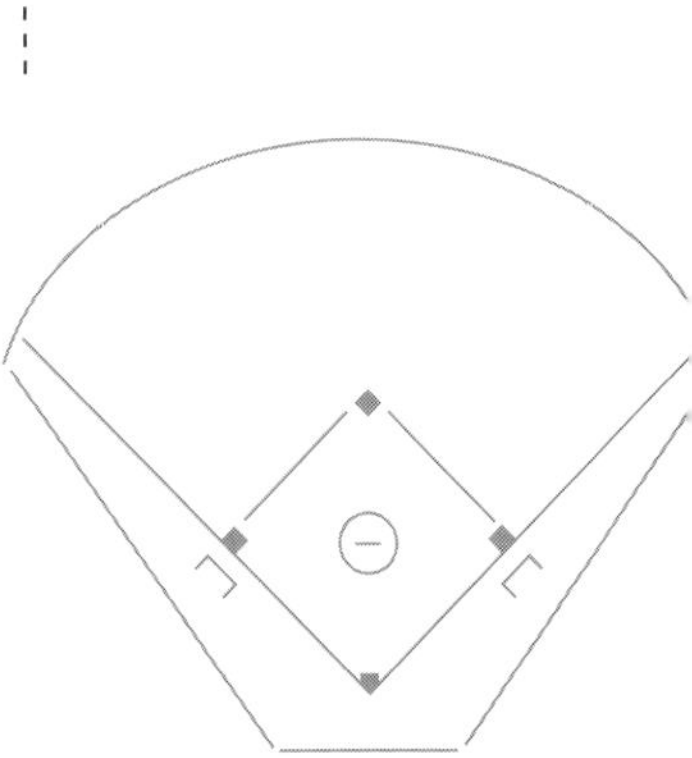

いをなんとなく感じていた。

貴志自身は極力意識しないようにしていたが、生まれてから十代前半までの思い出は苦いものばかりだった。

小学校の昼休みのドッジボールやサッカーでチームを決めるときには、必ず最後の最後に貴志の名前が出てきた。運動神経のいいリーダーになる人物が、チームメートを順々に指名していくのだが、そのときの貴志はババ抜きのババのような存在になった。貴志がチームのメンバーに入ることが決定すると、明らかに嫌な顔をするリーダーがほとんどだった。

「別にいらないんだけどなあ」なんて言葉が耳に入ることもあった。

「かかしは動かずにずっと立っとけ」という遠慮も何もない言葉もあった。

ときおり「おまえが、欲しかったんだよ」と言ってくれるリーダーもいた。その言葉でどれだけ貴志の気持ちが救われたかは計り知れない。ただ残念なのは、多くの場合、それは本心ではなく貴志に配慮した〝優しい嘘〟だったことだ。発せられた言葉と本心との乖《かい》離《り》を、それはあるいは穿《うが》った見方かもしれないが、相手の表情や振る舞いに感じることがあった。そんなとき、貴志は優しい嘘をついてくれたリーダーのために、極力「かかし」になるように努めた。

ただごく稀《まれ》に、それは流れ星を見るくらい低い確率だったが、貴志が本当にチームに貢献できるような役割を見つけてくれるリーダーがいた。チームのために自分が必要とされる、そのことがどれだけ幸せなことか。そんなとき貴志は、リーダーやチームのために自分のやるべきことに全力を尽くした。多少の無理をしてでも、貢献しようという気持ちでいっぱいだった。

南台野球部のキャプテン岸川勇人も、そんなリーダータイプの人間だった。

小学生のころから、人間社会の辛酸な部分をある程度は味わってきた貴志だが、中学生になると、そのつらい経験はさらに過激になっていった。

「気持ち悪くね？」という小さな声が聞こえたのは、音読を終えて席に座ったときだった。

「感情入れすぎでしょ」

国語の授業中、貴志は先生に指名されて教科書を読んだ。読んでいる最中、教室にクスクスと笑い声が起こっていることには気づいていた。

「感情の入れ方が気持ち悪い」とまた別の誰かが言った。

「静かにしなさいよ」と先生が注意した。

STORY 5

野上貴志

「じゃ、続けて、矢野くん」

指名された生徒が立ち上がり、教科書の音読が再開された。しばらくして、貴志の頭に何か小さなものが投げつけられた。見ると、小さく丸められた紙が床に落ちていた。投げたと思われる生徒が貴志のほうを見ていて、開けて開けて、というしぐさをするので、拾い上げて中を見てみると、ボールペンで「音読上手だね。気持ち悪いよー」と書いてあった。その言葉で貴志の息が止まりそうになっているときも、周りの数名から小さくクスクスと笑い声が起こった。

中学生は体も大きくなり知恵がつくけれど、その分、人を傷つける度合いも大きくなる。ナイフの使い方と同じだ。便利になるのも危険になるのも使う人次第だ。「キモイ」は中学時代に貴志がよく貼り付けられた形容詞だ。それから、「まじ最悪」。グループ分けをしたときなど、貴志がメンバーに入るとよく言われた。

肉体的に痛みを覚えることもあった。

自分の力を周りに示したいと思う男子にとって、体重が軽く、持ち上げたり投げ飛ばしたりしやすい貴志は、ちょうどよかったようだ。

ある日、誰のデコピンが一番強いか、という話題になったとき、貴志は何発もデコピンを受けたことがあった。おでこの真ん中が丸く赤くなっているのを見て、みんなに取り囲まれ、笑われ、またデコピンを受けた。

先生はたまに注意してくれることもあったけれど、大きな問題にまではならなかった。一見すると、じゃれているだけのようだったのかもしれない。あるいは先生も、見て見ぬ振りだったのかもしれない。

語れる嫌なことや、語れない嫌なことは、ほかにもたくさんあった。貴志は、できるだけ自分を消すように努めていた。自分を守るため、できるだけ見えないように、目立たないように、小さくなるようにしていたのだ。

高校三年生になった今でも、中学時代のことは、思い出すだけでひりひりと心が痛くなる。

まるでかさぶたのできていない擦り傷のような思い出だった。できれば、紙でくるんでゴミ箱に捨てたかったけれど、そんなことは無理なのはわかっているので、いつかそれを人生の糧にしようと今の貴志は前向きに考えるようにしていた。

貴志は中学時代、強くなりたいという動機から少林寺拳法部に入部した。

だが、部員数はたったの三人で、顧問は社会科の先生だった。名前だけの担当で、練習はいいかげんで、あってないようなものだった。もちろん強くもなれなかった。

部活がない日、貴志は学校からまっすぐ家に帰ると、野球雑誌や選手名鑑を読んではデータを収集し、野球中継を見ながら勉強していた。自分がプレーすることに人生の早い段階で見切りをつけた貴志は、代わりにスポーツ観戦とスポーツ漫画を読むことに没頭した。なかでも、野球観戦を愛してやまなかった。BS放送やラジオで日本のプロ野球を堪能するのはもちろん、アメリカでの日本人メジャーリーガーの活躍や、毎年春と夏に甲子園で繰り広げられるドラマに胸を熱くしていた。

残念だったのは、貴志の数少ない友達のなかに、その感動や喜びを共有できる存在がいなかったことだ。勉強が終わるとベッドに入り、ラジオから流れるお笑い芸人の軽快なトークを子守唄代わりにして眠りについた。

「九回裏ツーアウト二、三塁。ユウト、ユウトという一塁側の大声援にスタジアムが揺れています」

貴志は、小さく口を開いてつぶやいた。

右隣には、首にタオルをかけたおじさんが座っている。貴志の声は聞こえていないようだ。きっと熱心な高校野球ファンなのだろう。それとも、誰か選手の関係者だろうか。高校野球大会の応援席にいるのは、その多くがなんらかの関係者だ。つながりが、たくさんの人をスタジアムに集める。

マウンド上のピッチャーの動きと、キャッチャーのミットを構える位置を確認する。勝負であったとしても、あるいは敬遠であっても、よどみなく実況できるように、と目を凝らす。自由自在にぴったりな言葉を取り出せたらどんなに幸せだろう、と貴志はよく思う。

「ピッチャーの中島がセットポジションに入りました。いったいどんなボールから入るのか。第1球……ストライク。インコースのストレート、ズバッときました。勝負です。中島、南台の岸川と勝負です。逃げません」

「敬遠ではなく勝負」という相手チームが下した選択に、貴志は軽いしびれを感じた。さざ波のような感情が肌を伝う。

「相沢高校のエース中島翔太、その球威、気力ともにまったく落ちません。気持ちの入ったボールです。空気を震わす歓声のせいなのか、緊張感が原因なのかわかりませんが、肌が……心が震えます。一体、この対決はどのようなエンディングへと向かうのか」

中学を卒業すると、貴志は自宅から離れた南台高校に入学した。

通学に一時間以上もかかる南台を選んだのは、地元近くの高校だと中学の同級生がたくさん通う可能性があるからだ。

貴志は高校入学と同時に、水垢《みずあか》のようにこびりついてしまった自分自身のイメージを変えたいと思っていた。だから、高校に中学の同級生がいてはダメだった。たった一人の同級生がいるだけでも、その視線のせいで昔の自分に引っ張られてしまう恐れがあったからだ。

それを避けるため、横浜駅まで出てから電車を乗り換え、到着した駅からさらにバスを使って通うことになる南台を選択した。神様への願いが通じたのか、中学の同級生は誰も南台高校には入学しなかった。

もちろん、だからといって、貴志自身の内気な性格がそう簡単に変わるわけでもない。周りの生徒に気さくに声をかけ、太陽のような明るい笑顔で笑う自分をつくりたいという思いとは逆に、入学当初の貴志は、誰も知らない場所に一人、湖に浮かんだ木の葉のように所在をなくしているだけだった。

そんな貴志に声をかけたのが、岸川勇人だった。

「俺、岸川勇人っていうんだ」

なんの曇りもかげりもない、はっきりとした声だった。

「ぼ、僕は野上貴志」

「じゃ、たかちゃんね」

たかちゃんというのが自分の呼び名であることを理解するのに、少しだけ時間がかかった。

「同じ中学の奴が誰もいないの?」と勇人は聞いてきた。出身中学の話になったときで、貴志はうなずいてうん、と答える。

「俺と一緒じゃん。寂しくてしょうがないよな、やっぱり」

言葉とは裏腹に、表情には寂しさのカケラも浮かんでいない。勇人も貴志と同じように一時間ほどかけて南台高校に通っていたけれど、貴志と違い、周りにはすでにたくさんの友達ができ、クラスでも一番目立っていた。

「野球部?」

「そう」と勇人は言った。

「たかちゃんは?」

「僕は放送部」

へえ、と勇人は眉を少し持ち上げた。

「放送部って、何やるの？」

「まだよくわからないけど、校内放送とかかな」

勇人はぼうず頭で眉は濃く、切れ長の目には喜々とした色が浮かんでいた。肩幅が広く体幹のしっかりとしていそうな体つきをしている。運動神経が良いのだろうと感じた。勇人は目をまっすぐに向けて話してくる。その目を見ながら話をしていると、貴志は何か広くて大きなものにつつみ込まれるような感じがするのだった。

「南台は俺んちからは遠いけど」と勇人は言った。

「ただ、神奈川の公立高校では一番、甲子園に近いから」

その言葉に貴志はうなずいた。強豪ひしめく激戦区の神奈川県では、県内外から野球エリートの集まる私立高校が甲子園への出場権を手にすることがほとんどだったけれど、公立高校の南台はここ数年、ベスト8や16の一角に食い込み、その実力を伸ばしていた。

「たかちゃん」と勇人は言った。おかげでクラスメートからも「たかちゃん」と呼ばれるようになっていた。貴志の呼び名は中学時代の「かかし」から、「たかちゃん」に変わっていた。

「俺が甲子園を懸けた試合をするときは、実況してくれよ」

思いがけない言葉に何を言っていいかわからず、貴志がきょとんとして黙っていると、

「放送部って、そういうのもやるんでしょ?」と再び勇人が聞いてきた。貴志は慌てて返事を絞り出した。

「僕も実は、その、野球、大好きなんだ。高校の放送部がどんなのかは、まだ実際はよくわからないけど、シーズン中、僕自身はほぼ毎日プロ野球を見てるし、甲子園だって去年はほぼ全試合見た。な、夏は甲子園を見ながらデータを集めて……その……実況の練習をしてる。選手名鑑とか読み込んでるし……」

「実況の練習?」

不思議そうに勇人が首を傾《かし》げる。

「あの、甲子園の中継を見ながら、一〇〇円ショップで買ったマイクを机の上に置いて、実況するんだ。副音声のようなイメージでやってるんだけど……ボイスレコーダーにそれを録音して聞き直したりして……これまで誰にも言ったことはないけど……」

それを聞くと、勇人は一瞬事情が呑み込めない様子できょとんとしてから、「家で?」と聞き返してきた。うん、と貴志は小さくうなずく。

「一〇〇円ショップのマイクを置いて?」

貴志はうなずきながら、（失敗したかもしれない）と自分の発言を後悔した。

「自分の実況を録音して聞いてるの？」

変なことを口にしたのではないか、と一気に不安になる。中学時代のキモイという言葉とおでこの痛みがよみがえる。

すると、目の前に座る勇人は楽しそうに表情を崩した。

「なあ」と、大声でクラスのみんなに声をかける。

「たかちゃん、めっちゃ面白いぞ。家でこっそり実況の練習してるんだってよー」

その声が大きかった。

「珍品の類《たぐい》の男を発見したぞ」

勇人がそう言うと、周りにたくさんのクラスメートが集まってきた。それで貴志はどうしていいのかわからず慌ててしまった。その後、たくさんの質問を受けた。野球マニアなことに加え、お笑い好きであることや、好きな芸能人のことなど、それまで誰にも話したことのなかった貴志のプライベートが、初めて明るみに出ることになった。貴志のそれまでの人生で、ほかの誰かから興味と関心を一番持たれた瞬間だった。

「よっしゃ、決まりだな」と勇人は言った。

「俺の高校野球のクライマックスを、たかちゃんがこれ以上ないってくらいに、劇的に実況する。そのときまで、お互いしっかり練習して、実力を伸ばしておこうぜ」

貴志は、はにかみながらも、気分の高揚をどう表現したらいいのかわからないままにうなずいた。

きちんと勇人に伝わったかどうかはわからないけれど、とてもとても、うれしかった。

「岸川選手は将来の夢を、プロ野球選手になり活躍することだ、と語っています」

ユウト、ユウト、というスタンドの声援が貴志の体を震わす。

「同じ十八歳の彼が少しの迷いもなく夢を語るのを聞くだけで、私はなんだか勇気がわいてくるのを感じます。南台高校はこれまでに、甲子園に出場したこともなければ、プロ野球選手を輩出したこともありません。ひょっとしたら『そんなの無理に決まってる』と笑い飛ばす人だっているかもしれません。

『だからこそ』と岸川勇人は言います。『自分たちが甲子園に行って、公立でも神奈川の頂点に立てるんだってことを証明したい。自分がプロになって、後輩たちに、やればできるということを伝えたい。自分が結果を出すことで伝えられる大きな勇気がある』。

岸川勇人とは、そんなことを語っても、決して嫌みにも背伸びにも聞こえない男です。『そのためにも今日のこの試合、僕たちは勝って決勝、そして甲子園に行きます』。岸川選手は言いきりました。この言葉を聞いたとき、私も思わず口にしてしまいました」

貴志は顔を上げて、空を見やった。
飛行機雲が、また少し長くなっている。

「私の夢はアナウンサー、日本一の実況アナウンサーになることです。私のことをこの場で言うのは、よくないことかもしれません。ただ、こんな私でもやればできるということを示したいのです。私でも、誰かに伝えられる勇気があるのではないか、と思うのです」

隣に座るおじさんが、いぶかしげな視線をちらりと向けた。声が少し大きくなってしまったようだ。貴志は、すいません、と小さく頭を下げる。
「私は、日本一の実況アナウンサーになりたい。どうしてもなりたい」
貴志は声の大きさに気をつけながら言葉を続ける。小声実況のコツは、頭の中に文字を打ち込むように行うことだ。

「やっていることは違っても、岸川選手と私は目指すところは同じなのかもしれません。

こんな気持ちになれたのは、同じクラスに岸川勇人という、その人がいたからです。目の前に壁を突き破ろうとする人が一人いるだけで、いったいどれほど大きな力になることでしょう。そういう友達とめぐり会えて私は……私は本当に幸せです。

さあ、相沢のエース中島、セットポジションに入りました。一塁は空いていますが南台の4番、岸川勇人と勝負です。

足を上げて第2球……投げたーっ、空振りっ。空振り。ものすごいストレートです。出ました！　この日最速の149キロ！　九回裏の終盤にきて、この日最速です！

ツーストライクに追い込まれました。さすが、今大会、神奈川ナンバーワン投手といわれる相沢高校の中島です。圧倒的なストレートです。

一方、打席の岸川勇人は追い込まれました。ピンチです。どうする、岸川勇人」

STORY 6
Yuto KISHIKAWA

「一緒に甲子園に行こうぜ」

岸川勇人

南台高校野球部4番 ——バッターボックス

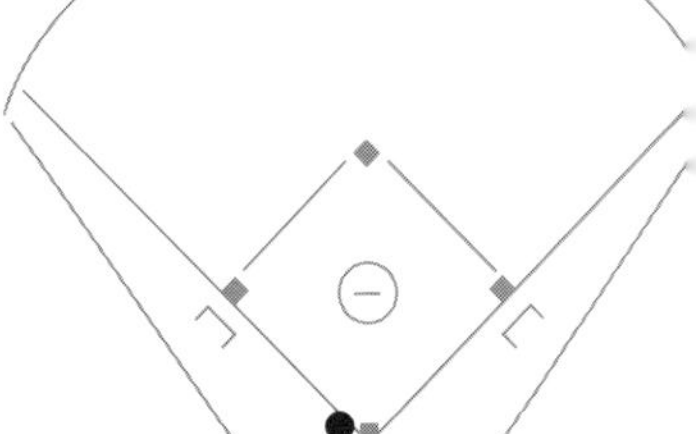

手のひらに吸い付くようなグリップの感覚が好きだ。

ちょっと前に新しいグリップに張り替えたのは正解だった。岸川勇人は力を込めて、何度か、その感触を確かめる。神聖な儀式のように目の前にバットを持ち上げ、バットに対して軽く頭を下げた。つぶった目を開くと、3番の山本がバッターボックスに入るのが見える。

ネクストバッターズサークル。一塁側ベンチの左前に描かれている。

白い円の中の勇人の胸には、不安と高揚がある。勇人は一回、二回とバットを振った。

(打てるだろうか。打てなかったら負けだ)と思う。

バットを持ったまま、腕をぐるぐると回し、腰や肩、手首の可動域を確かめるようにストレッチをする。体をほぐしながらいいイメージをつかまえようとするけれど、とらえたと思うと、するりとすり抜ける。それまでの3打席は相手ピッチャーの中島に抑え込まれている。どの球種も一級品だ。特にストレートは、これまで対戦してきたどの投手よりも速く、そして伸びる。

(打てなかったら負けだ)


勇人は一つ、深呼吸をした。

鼻から大きく息を吸い込んで、ゆっくりと口から吐き出す。球場のグラウンドのにおいが勇人は好きだった。ヘルメットを一度脱いで、にじんだ汗を拭く。ヘルメットは太陽の熱を吸い込んで熱かった。心が落ち着いてくる。

中島の球筋《たますじ》をじっと目で追う。

3番打者の山本がバットを前に出し、コツンとピッチャー前にバントを決めた。スタンドから揺れるような歓声が起きる。

「ナイスバンッ」という声が、背にしたベンチから聞こえる。

一塁と二塁のランナーがそれぞれ進塁し、一塁へヘッドスライディングした山本がアウトになる。

拍手と歓声とブラスバンドの音が勇人の肌を震わせる。まるで体の表面まで心臓が出てきて、ドンドンと激しく足踏みするかのようだ。

勇人はバットを一度スイングしてから、自分を守っていた白い円の外へと足を踏み出した。

九回裏、ツーアウト二塁、三塁。1打で勝利の決する重要な場面だ。

「4番、ショート、岸川くん」

スタジアムに響き渡る場内アナウンス。

ユウトー　タノムゾー　ウテー　ユウトッ　ユウトッ　ユウトッ　ユウトッ
連呼されているのは、紛れもなく自分の名前だ。

ネクストバッターズサークルを出るときには、いつも恐怖が襲ってくる。それを押し込めるように、ぐっと、奥歯を噛み締める。

（いつものことだ）と思う。

（それほど長くは続かない）

一歩一歩、バッターボックスに近づくにつれ、頭がシンプルでクリアになっていくのを勇人は感じた。

打てなかったらどうしようという不安は、なるようになるさという心理状態に緩和され、多分打てるという予感に落ち着く。いつものことだ。

不安や恐怖は頭の中にだけわいてくるただの感情で、取り出すこともできなければ、触ることだってできない。じっとしているときにこそ襲ってくるイメージ。勇人の場合、実際にバッターボックスに立ってしまえばそれは霧散し、余計なものが入り込むことはなかった。

すべてが白いボールに置き換わる。

勇人は一度、バットを振った。

手のひらに伝わるバットの感触は、いい。

そのとき、三塁側のベンチからタイムの要求があった。

球審が「タイム」をコールする。

伝令が出るようだった。

ユニフォームが泥だらけになったキャッチャーが、マスクを上げて立ち上がり、駆け足でマウンドへ向かう。自分の頭の中で一つにまとまりつつあった感覚が、再び拡散するのを勇人は感じた。隙間に不安が入り込んでくる。

気持ちを落ち着けるために、一度、ネクストバッターズサークルへと戻る。

滑り止めのスプレーをグリップに吹きかけていると、ベンチから鎌田《かまた》が駆け寄ってきた。真っ白いユニフォームに太陽が陰影をつけている。

「落ち着いていけよ」

鎌田の言葉に勇人は、おう、と答えた。

「いつもどおりやれば絶対、大丈夫。狙い球を絞って。いいイメージだ」

鎌田が勇人の肩を叩く。

鎌田とは、高校の野球部で初めて顔を合わせた。

中学時代にエースナンバーを背負っていた鎌田は、勇人とともに新入部員のなかでは目立つ存在だった。「4番岸川」「エース鎌田」で、近い将来プレーすることが自然とイメージできていた。仲良くなり、ライバル心を燃やしながら練習していた。お互いに、こいつがいれば、という期待を抱いていた。

「甲子園も夢じゃない」

本当に、夢じゃない、と勇人は思っていた。

しかし鎌田は、二年生の夏に股《こ》関節のけがをしてしまう。

去年の話だ。三年の先輩を抑え、チームのエースを任された鎌田は、自らの投球に磨きをかけ夏の大会を迎えた。勇人も同じように二年生でありながら4番として試合に出場していた。

だがそのころ、実は鎌田は、股関節に違和感を持っていた。鎌田は責任感の強いタイプだった。それに、二年で共にレギュラーをとっている勇人に遅れをとりたくないという気持ちもあった。我慢できないほどの痛みではないことを自分への言い訳として、そのことを黙ったままマウンドに立ち続けた。

鎌田のおかげで、チームは何試合も勝利を収めることができた。ただ、その代償として、鎌田は長期の治療を必要とするけがを負うことになる。

秋の終わりごろにある程度回復し、練習に参加できるようになったのだけれど、それ以前のようなボールを投げることはかなわなかった。かつての姿を取り戻そうと、鎌田は負荷の高い練習をした。その結果、再びけがをすることになる。そこから鎌田はけがを繰り返すようになった。

三年になってすぐ、春の大会が始まる前に鎌田は野球部をやめようとしたことがあった。

「思うとおりにプレーできないまま、野球を続けるのはつらい」と鎌田は言った。

「以前のようにボールは投げられないし、俺じゃなくても、もうエースはいるだろ？」

そのころ、南台のエースナンバーは、一学年下の後輩の背中にあった。二年生ということもあり体の線はまだ細かったけれど、コントロールとキレのいいボールを投げた。秋の大会はそのエースの活躍もあって、神奈川県でベスト8に入ることができた。鎌田の言うように、けがから完全に回復したとしても、鎌田がエースとして投げられる可能性が低いことは勇人にもわかっていた。

「おまえのことを考えて、やめてほしくないと言ってるんじゃない」と勇人は言った。

「俺の都合で、おまえにやめてほしくないんだ」

南台はここ数年、頭角を現しているとはいえ、県立高校の野球部だ。部員数も公立のなかではわずかに多い程度で、一〇〇名近くを抱える私立の強豪校に比べると規模は小さい。

ただ、部員たちは練習のときにだけ一緒にいるのではない。高校の三年間、クラスでも、テストでも、追試でも、補習でも、修学旅行でも、文化祭でも一緒だ。日曜日は朝から日が暮れるまでずっと練習をし、夏の合宿では同じご飯を食べ、同じように毎日へとへとになり、同じような悩みをかかえ、ケンカをし、仲直りをした。話す内容の九割はバカ話だけれど、残りの一割は背後にある信頼を頼みにして、本心をぶつけた。夢や理想も伝え合った。喜怒哀楽を共にした。

みんなで一つのボールを追いかけているとき、その見え方、思いはそれぞれに違ったのかもしれない。でも、みんなで見ているボールは、いつも同じだったはずだ。

勇人にとって、すべてのシーンに鎌田は欠かすことはできない。もちろんそれは鎌田だけではなく、ほかの部員すべてに対して思うことだった。


「一緒に甲子園に行こうぜ」

そう言った勇人に、鎌田は「俺は、なんにも力になれない」と言った。

「そんなことはない」と勇人は首を振った。

甲子園に行ければ誰とでもいい、というわけではない。誰と行くかが問題だった。鎌田のいる南台高校だからこそ、甲子園に行く意味があった。口には出さなかったけれど、勇人は鎌田の分まで自分が力を出せればいい、と思っていた。

「南台野球部には、最後までおまえがいなくちゃいけないんだ」

二人の間を風が吹き抜ける。

鎌田が握りしめた拳を出してきたので、勇人も拳をそれに合わせた。日焼けした顔の中に、強い光を放つ二つの目があった。

声援が、ひと際大きくなった。

マウンドに集まった相沢高校の選手たちが、タイムを解いてそれぞれの守備位置に戻る。

カットバセー　ユウト　ユウト　ユウトッ　ユウトッ　ユウトッ　ユッ、ウッ、トッ

「プレイ」

審判の合図とともに試合が再開される。

マウンドの中島は、サインが決まったようだ。セットポジションを取る。ボールを握った右手をグラブの中に収め、腰の辺りに置いた。鋭い視線がホームベースのほうに向けられている。

トクン、トクンと心臓が音を立てる。

中島がボールを投げる。

空気を切り裂くような音を立てて投げ込まれたストレートに、勇人は手が出なかった。

「ストライーック！」

ワァーッという歓声が一気に周りをつつむ。

バスンッというボールがキャッチャーミットにおさまった音が、不吉な余韻としてホームベース上を漂っていた。

ちらりと一塁側ベンチを見ると、部員全員が身を乗り出し、祈るように勇人を見ていた。

ユウトセンパイ　ゼッタイウテマス　イケー　イケルイケル　ユウト　ファイトー

勇人はふっと息を吐く。

左手で持ったバットをピッチャーのほうにかざし、左足のユニフォームを右手で少しだけ上げる。

バットを構える前に、勇人がいつもやっているルーティンだ。

汗が頬を流れ落ちる。

中島が、再びセットポジションに入る。

勇人の意識の中で、大きく聞こえていた声援がステレオのボリュームを絞るように小さくなっていく。

中島が足を上げた。

勇人は奥歯にぐっと力を入れると、うなりをあげて向かってくるストレートに対して強く踏み込んだ。空を切ったスイングの衝撃が体に響く。

ボールは、キャッチャーミットの中だ。

空振り。

勇人は奥歯を噛み締める。

「ストライーック、ツー！」

審判の声が、はっきりと耳に届いた。

一瞬にして、悪い予感が勇人を襲う。

気持ちが思うように整わず、耳の近くに心臓の鼓動が聞こえる。

それまで、数々の勝負どころで打ち勝ってきた勇人が、そんな感覚になったことは数えるほどしかない。よくない兆候だった。

キャッチャーからピッチャーへとボールが返されるとき、勇人はバッターボックスから少し外れ、一度何かを振り払うように、ゆっくりとバットを振った。

気持ちが硬くなったまま、打席に入ることはできない。

大きく深呼吸をし、何かにすがるような思いで、勇人は一塁側のスタンドを見上げた。

STORY 7

Junichiro IWASAKI

「あと一歩の生き方から決別したい」

岩崎淳一郎

レフトスタンド

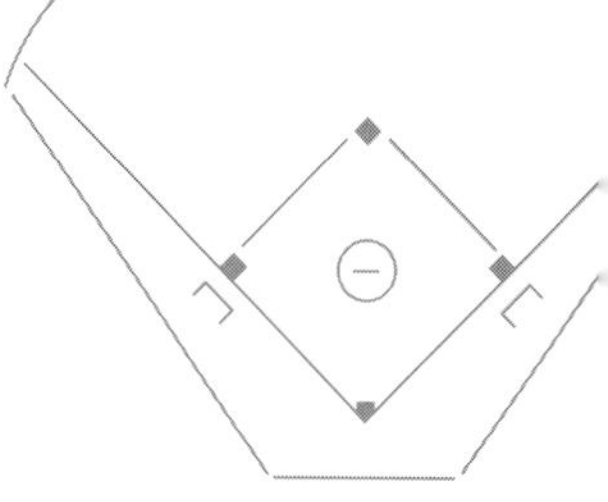

淳一郎は、塾の仕事に不満があるわけではなかった。

もちろん、学校のテストでいい点数を取らせたり、高校に合格させるだけのことに、一体どれほどの意味があるのか、という無力感の伴う疑問が脳裏をよぎることはあった。けれど、子どもたちに授業をすることは楽しかった。

ただ、年数を経るごとに、大手の塾の縦割り仕事の嫌な部分もたくさん見えるようになった。役職が上がり、仕事も増え、今ではプライベートにまで仕事が浸食するようになっていた。

もちろん、そんなことは、どんな仕事をしていても起こりうることだと理解していないわけではない。ただ年々、一日の過ぎ去る時間が早くなっているような気がする。あっという間に春が終わり夏がきて、またすぐに、次の季節がやってくる。

淳一郎にとって問題なのは、果たして自分はなんのために生きているのか、というような哲学的なことだ。自分が小さくまとまって、そのうち消えていってしまうような気がしていた。

とりわけこんな日差しの強い日には、その思いが強くなる。「このままでいいのか？」と内側にいる自分が問い詰めてきた。

一方で、今の生活に満足している自分もいる。今の仕事のおかげで、今の生活ができる。収入面だけではなく、仕事を通して得られる喜びも大きい。感謝していないわけではない。

これまでの淳一郎は、気持ちがやじろべえのように揺れるとき、ビジネス書を読んだり、面白いといわれる講演を聞きにいったりした。ただそれは、自分を今ある枠の中になんとか収めようとする作業に感じられて、嫌にもなった。

本でも講演でも得られるものは多かったけれど、そこにあるのはほかの誰かの経験であり、意見であり、ほかの誰かの感動でしかなかった。数千円で手に入る勇気はしょせん、借り物の勇気でしかない。本物の感動も勇気も、すべて自分の決断と行動の中でしか生まれない。そのことを、淳一郎自身が本当はわかっていた。

「自分を信じて勝負しなさい、か……」と岡本が言う。

これから少しあとにはきっと燃えるように赤くなるだろう。そう予感させる夏の空に、ひとすじの飛行機雲が描かれていることに気づいた。

マウンドに集まっていた選手たちが、それぞれの守備位置に戻る。地響きのような歓声がスタジアムをつつむ。

「本当は俺さ、作家になりたいんだ。舞台作家、小説家……そんな物書きになりたい」

「いいじゃん。淳ならいい本、書くと思うよ。作家、やってみようよ」と岡本が顔を向ける。

「そんなこと言って、淳くんの書いた小説、読んだことあるの？」

久美の問いかけに、ないなぁ、と岡本が笑って答えた。

「なんとなく、予感がするだけさ」

「でもさ、作家なんて、時間をうまく使えば、今の仕事を続けながらでもできるんじゃない？　辞めると収入もなくなるし、健全に生活できてないとねえ」

久美の言葉はもっともで、意志さえあれば、仕事の合間を縫って物語を書くことができるだろう。そうだよな、と言いかけて、淳一郎はその言葉を呑み込んだ。そうだよな、の人生に区切りをつけたい、と思っているのが今なのだ。

「そうだよな。そう、そう。普通、そうだよな」からの決別。

大切なのは、覚悟。

そして今、自分が欲しているのは徐々に現れる変化ではなく、劇的な変化。それを実現させる勇気。あるいはそれは勇気ではなく無茶、無謀、無計画、といわれるものかもしれない。

たとえそうだとしても、一歩踏み出してから考えちゃダメか？

「始まるぞ」

ツーアウトで、二塁と三塁に走者がいる。バッターは強打者の岸川で、南台にとっては1打逆転のチャンスだ。

審判がプレイの合図を出す。

相沢のピッチャーがボールを投げる。

インコースへの速球。ストライクの判定。

「勝負するのかよ」と岡本は驚いた声を上げる。

「敬遠しないんだ……すごいな。監督の指示？」

「相沢のピッチャー、悔しいけど、いい球投げるよ」と淳一郎はうなった。

「きっと、チームメートはみんな、あのエースのことを信じてるんだな」

「打ってえ」と久美が祈るように手を胸の前で組む。

「私は岸川くんが打ってくれることを信じる」

「もしさ」と淳一郎は言葉の響きを確かめるように言った。

「岸川が逆転の1打を打ったら、俺は仕事をすっぱりと辞めて作家になる」

「なにそれ」と言って、久美が笑った。

「打てなかったら、辞めないのか？」

岡本の問いかけに、淳一郎はしばらく考えるように目を伏せた。

「なんかさ、勢いってものがほしいんだよ。願掛け、占い……うまく言えないけど、勢いがほしいなんて言ったら弱っちくて嫌になるけど、ただowさ、いい前触れみたいなものがほしいときってないか」

「まあ、それはわかる気がする」と久美が言った。

「彼に、岸川くんに、俺の前途を占ってほしいわけよ」

淳一郎はそう言うと、二人を見た。

「俺はよくわからないけど」と岡本が続けた。

「ただこの打席の岸川くんが、本人のまったく知らないところで淳の人生の占い師になったことはわかった。俺たちは岸川くんに一発逆転の1打を期待して応援しちゃうけど、いいの？」

「もちろん」と淳一郎は大きくうなずいた。

「ここで試合に勝って決勝だ。次のステージへの大一番だ」


相沢高校の中島投手の2球目を、岸川は鋭いスイングで空振りした。

「ストライーック、ツー！」


一塁側スタンドからはため息がもれ、三塁側からはワッという歓声がはじけるように起こった。

「あと一球……」という声がどこからか聞こえる。

淳一郎は、息を呑んでその一球を見つめていた。

STORY 8
Taichi KISHIKAWA

「打てよ、勇人」

岸川太一

——岸川勇人の兄—— 一塁側ベンチ上

ファインダー越しに眺める弟の表情は、緊張感からか普段より凛々《りり》しく見えた。ヘルメットのつばが顔に影をつくる。日焼けした肌に二つの瞳が光っている。鋭くもあり、まっすぐで深くもある。弟でありながら、初めて見る表情が多く驚かされる。

（このフェンスを取り払いたいな）

岸川《きしかわ》太一《たいち》は、じれったく思った。

太一は、応援スタンドのシートには座らず、グラウンドのにおいを感じられる最前列の通路に座っていた。太一のすぐ後ろを人が通り抜けていく。

プロ野球の試合では、こんな場所に座っていることはできない。高校野球ならでは、だ。

手には、数年前に購入した趣味の一眼レフのカメラがあって、被写体を追っていた。

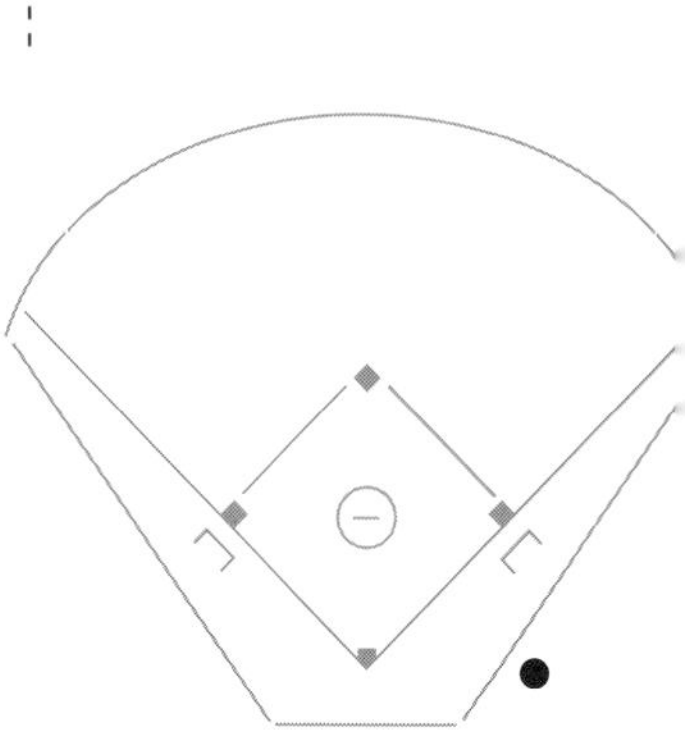

　ただ、目の前にある針金のフェンスがピントを合わせるときに邪魔をする。飛んでくるボールを避けるために必要なのは十分にわかってはいるが、写真を撮るには邪魔以外の何ものでもなかった。立ち上がれば、フェンスの上からの撮影もできるが、太一はできる限り選手の目線に近い高さから写真を撮りたかった。

　沈み始めた太陽が、真正面から太一を照らす。

　首にかけたタオルは、ずいぶん前から夏バテ気味でへたっている。腰を下ろしているコンクリートも、熱を帯びている。

　太一は一度、汗を拭った。今、弟の勇人は、ネクストバッターズサークルに腰を落として自分の打席がくるのを待っているところだった。

「この3番バッターはバントだろうな」

　ワンアウトで、ランナーは一塁と二塁。バントで送って、4番の勇人の1打で逆転を狙う。これまでの南台高校の試合を考えると、それが当然の作戦のように思えた。三日前の準々決勝、京浜大付属戦でも勇人は試合を決める決勝打を打った。ランナーをおいた場面で、フェンス直撃の二塁打だった。平日だったため、仕事で試合を見に行くことができなかった。ただ、試合経過はインターネットの速報で確認していたし、その後にアップロードされた動画でも見ていた。

予想どおり、3番バッターは送りバントだった。

体を震わすような声援が肌に響く。

太一はカメラを構え、すっと背筋を伸ばし、力強い足取りで打席へと向かう背番号6の勇人に、レンズを向ける。ピントを合わせようとするけれど、やはり手前のフェンスが邪魔で、弟の姿がぼやける。


勇人が打席に入る前に、相手チームからタイムが要求された。

球審の「タイム」のコールと同時に、相沢高校のベンチから、選手が一人、マウンドへと向かう。

一時試合が中断する。

勇人もネクストバッターズサークルへと戻った。グリップに滑り止めのスプレーをかける。そこへ、勇人と同じ南台のユニフォームを着て、勇人と同じように褐色に日焼けした選手が一人近づいていった。

会話はまったく聞こえない。太一はいくばくかのまぶしさを感じながら、そのやりとりにじっと目を向けていた。背番号16番のその選手が手を伸ばし、勇人の肩をポンポンと二度ほど叩いた。

カシャー、カシャーという小気味のいい音を出して、太一はシャッターを切る。

ファインダーから顔を上げ、振り返った。

太一の位置から斜め後ろのシートに、南台野球部のTシャツを着た母親の優子《ゆうこ》が、ほかの保護者と並んで座っている。久しぶりに見た母親は、髪を少し明るい色に染め、オシャレに気を使うようになっていた。最近、体型維持と健康のためにスポーツクラブにも通い始めたらしい。

「ちょっと余裕が出てきた？」と試合前に聞くと「少しね」と言っていた。

太一は大学生のころから家を離れ、一人暮らしをしている。

優子は、両手を胸の前で握りしめていた。打席に入る勇人のためにできることは、祈ることくらいだ。カメラが向けられていることに気づいたらしく、ニコリと軽く笑った。シャッターを切る。一瞬、吹き抜けた風が優子の髪を揺らし、その数本が汗のにじんだ顔に張りついた。

視線を再びグラウンドへと戻す。

弟の勇人は、16番の選手の想いを受け取るかのように拳を合わせ、再び打席へと向かった。

マウンドの円陣は解かれ、それぞれが守備位置へと戻っていた。

球審の「プレイ」のコールとともに、試合が再開する。

パラッパパッパパパアーというトランペットの音が、太一の背後から鳴り響く。

南台高校吹奏楽部の演奏だ。音楽が流れ、ユウトッ、ユウトッ、という声援が聞こえる。

物理的な空気の振動で心が揺れる。ふいにファインダーを見つめる目のふちが熱くなるのを感じ、一度、強く目をつぶった。額から汗が滴り落ちる。

相手ピッチャーの背番号1がよく見える。セットポジションから足を上げ、大きく踏み出した。腕をムチのようにしならせてボールを投げる。

ものすごいスピードボールが、空中に白いラインを描くようにしてキャッチャーミットにおさまった。

ストライク。

三塁側の相沢高校のスタンドから、大きな拍手と声援が送られる。

勇人は、右手でヘルメットの位置を整え、左手に持ったバットを前に突き出すようにピッチャーに向かってまっすぐ掲げる。それから、ぐるりと円を描くように腕を回転させ、右の耳のあたりにバットを構えた。

昔の面影を多分に残すその横顔の写真を、何枚か撮った。

いつの日だったたか、太一が勇人に言った。

「勉強しないなら野球やめろよ」

それはあるいは些細な一言だったのかもしれないが、そのときの記憶は、のどに引っかかった魚の小骨のように、少しの痛みを伴いながら、今も太一の心に残っている。

「野球なんてやめてしまえ」

ある日、学校から電話がかかってきたときだ。

勇人は学校のテストの成績が悪く、指定された補習に参加しなければならなかった。にもかかわらず勇人は補習に出席しなかった。あとでわかったことだが、勇人はその時間に野球の練習に出ていた。電話に出たのは母親だったが、たまたまそばにいた太一が聞きつけ、勇人を激しく責めた。

「勉強もきちんとできない奴に、いいプレーなんかできるはずがない」

太一の言葉を、勇人は何も言い返さずに聞いていた。

幼いころからケンカでは、勇人が太一にずっと負かされていたので、あるいはその影響かもしれないが、太一の言葉を勇人はただ何も言わずに黙って聞いているだけだった。

「おまえ、まだプロに行くとか言ってるみたいだけど……」と言ったあと、太一は続きの言葉に迷ってしまった。そんな夢みたいなことできるわけないだろう、というのは若い太一が口にするには大きすぎる言葉だった。代わりに「プロに行けなかったら、ただのバカだからな」と怒鳴った。


太一自身は、勉強がよくできた。

公立の進学校に入学し、校内でも優秀な成績で国立大学に現役合格した。そして、現在勤めている大手の電力会社に就職をする。

「そんなに強く責めないで」と母親が間に入ってきた。

「勇人も今度は補習にちゃんと出るよね。勉強もがんばろうね」

諭すように勇人に言う。

「お母さんが甘やかすからダメなんだよ」と太一は反論した。

「そうね」と母親が申し訳なさそうな表情をした。

「勇人は野球以外に、何もできなくなってるじゃないか」

それが勇人に対する太一の評価の一つだった。


岸川家は、もともと四人家族だった。

太一が生まれたころには、家族四人で福岡のマンションで暮らしていた。そのあと、両親が離婚し、母の優子の実家がある横浜に越してくることになった。

太一が中学三年生、勇人が小学三年生の時だ。

九州から都会の横浜へと住む場所が変わり、新しい学校になじむのには時間と努力が必要だった。不安ではあったけれど、長男であるということは太一の覚悟の足しになった。

横浜に住み始めたときの写真が家の壁に飾ってある。そこに写っている兄弟は、まったくあか抜けていない。

福岡にいたころは家にいることが多かった母親だが、二人の子どもを育てるために外に働きに出るようになった。だから、勇人も太一も、学校が終わると近くに住んでいた祖父母の家に帰った。そこで夕食を食べさせてもらい、しばらくすると仕事を終えた母親が迎えにきた。その帰り道、コンビニに寄って、よく三人でアイスを買って食べたことを太一は今でも懐かしく思っている。

新しい環境の中、中学生の太一はそこそこ部活に熱中し、空いている時間を勉強やできたばかりの友達との遊びで埋めていった。一〇歳にもなっていなかった勇人は、友達づくりという意味合いもあって、地元の少年野球チームに入った。そのときからずっと、野球を続けている。

当時の勇人は、自転車のかごに容量オーバーのスポーツバッグをのせ、肩にバットをたすきのようにかけ、大きすぎる野球のヘルメットをかぶって練習場へと向かっていた。勇人は、野球で、働く母親の不在の時間を埋めていたのかもしれない。


(よく事故に遭わなかったもんだ）と太一は今さらながら思う。

たまに車で家の近くを走ることがあるが、道は細く、自転車には危ない道だった。あのころの勇人と同じように自転車をこいでいる小学生がいると、運転は極めて慎重になる。小さいころは何げなく見ていた風景が危険に満ちて思えるのは、あるいは物事を知りすぎたためかもしれない。

「将来はプロ野球選手になる」と言っている勇人がリビングで寝ているとき、寝顔を見ながら「本当になってくれたらいいね」と母親は語っていた。

勝負

STORY 8

岸川太一

「プロ」というのがどれほど遠い道なのかはわからなかったけれど、太一も期待を込めて見つめた。

母親の優子は、スーパーで働いていた。

夕食もお風呂も終えて一息ついていたとき、「ちょっと筋肉がついてきたかも」と言って、二の腕を触りながら笑った優子の顔が、どこか疲れているように見えた。そのことを、太一はよく覚えている。

優子は夜が遅く、朝が早かった。太一は同じくらいの時間に起きて、優子が朝食を作っている間、別の部屋で勉強をしていた。それが、母の優子を喜ばせることだと思っていたからだ。「太一はがんばり屋さんだね」と褒められたからでもある。

周りの友達はみんな塾に通っていたけれど、塾の費用は高かったので太一は通わなかった。それでも太一は学校の成績が良かった。勉強が自分の人生を切り開くことになるというのは、成績が良くなってから気づいたことだ。

その一方で、弟の勇人は野球ばかりに熱中して、勉強に時間をかけている様子がまったくなかった。なぜかそれが、太一には我慢ならなかった。太一が一方的に腹を立て、ケン力で勇人を泣かしたことは何度となくあった。

「何をそんなに怒ることがあるの？」と母親は強い剣幕で太一に言った。

体の大きくなってきた息子を止めるのに、母親も穏やかではいられない。

「勉強しない勇人が悪いだろ」と太一が声を荒げて言うと、「まあ、そうだけど……」と母親は困った顔をした。

「勇人と太一は違うから、しょうがないじゃない」

その母親の言葉の意味を理解するには、当時の太一はまだ幼すぎた。


高校生になると、太一は部活と勉強とアルバイトで忙しくなった。

家に帰るのは遅い時間になり、勇人と顔を合わせることも、話をする時間も少なくなっていった。それでも頭の片隅に、常に勇人のことはあった。その多くは心配と、それに伴う不満だったように思う。

十八歳になった太一は、苦労して名古屋にある国立大学に合格した。

入学と同時に太一は家を出て、一人で下宿することになった。優子と勇人のいる家には、年に数回ほどしか帰らなくなった。

勇人が野球をがんばっていることも、県立の南台高校になんとか合格できたことも、すべて電話で聞いただけだった。

太一のほうから勇人へ電話をかけることはあったけれど、勇人から太一へ電話をかけてくることは、ほとんどなかった。

ただ、それでも「『うちのおにいちゃんはすごい』と学校で言ってるみたいだけど」と母親から聞いたことがあった。「何が?」と尋ねると、「勉強がんばって国立に合格したことが、だって」という言葉が返ってきた。あるいは勇人にとって、太一はちょっとした尊敬の対象だったのかもしれない。

あとから知ったことだったけれど、実は勇人には、私立の野球強豪校から推薦の話がいくつもきていたらしい。そのすべてを断り、勇人は南台高校に進学した。

夏の勢いは、明日もあさってても、ずっと増していくのだろう。西日の強さがそんなことを予感させた。


カットバセーユウト、ユウト、ユウト、ユウト、ユウトッ

汗の染みたシャツが、肌にまとわりつく。

太一はカメラを手に、ピッチャーが投げる瞬間に集中する。

ピッチャーがモーションに入り、ボールを投げる。

勇人が足を踏み込み、バットを強く振り出す。

カシャカシャカシャと、連写の小気味いい音が太一の耳に届く。

だが、ボールはバットに触れることなく、キャッチャーミットにおさまった。

ツーストライク。

相手チーム側のスタンドが、一気に盛り上がる。


輪郭を持ったような不安と緊張が、周りをつつむ。それを振り払うかのように、スタンドから大きな声援が上がる。

勇人はバッターボックスから外れ、バットを一度ゆっくりと振り、深呼吸をした。

カメラを構え、ファインダー越しにその姿を見ていると、勇人と目が合った。

そのとき、太一に向かって勇人がニコリと笑ったように思えた。

絵になる弟だな、と思う。

「打てよ、勇人」と、太一は声に出してつぶやいていた。

フルスイング

The Full Swing

STORY 9

Takashi NOGAMI

「勝負の行方を見てみたい」

野上貴志

バックネット裏・観客席

バックネット裏から一塁側スタンドを見ると、夏服の南台高生で埋まっていた。夕方の太陽の光と影に、白いワイシャツが染まっている。すでに夏休みに入っていることもあり、ほぼ全校生徒が集結しているようだ。

貴志は、バックネット裏の座席を確保するために欠席したけれど、三年生には午前中に補習が行われているはずだった。貴志自身は、たくさんのアナウンサーを輩出している大学への進学を考えている。列に並んでいる間も英単語帳を開いて勉強していた。ただし、暑いし、気持ちがそわそわとして、頭にはうまく入らなかったけれど。

夏の神奈川大会の準決勝。

この一戦に勝てば、南台初の決勝進出。そして、夢の甲子園出場に王手がかかる。1回戦から勝ち進み、ここまで6試合を勝ち抜いてきた。ベスト32、16、そして準々決勝、準

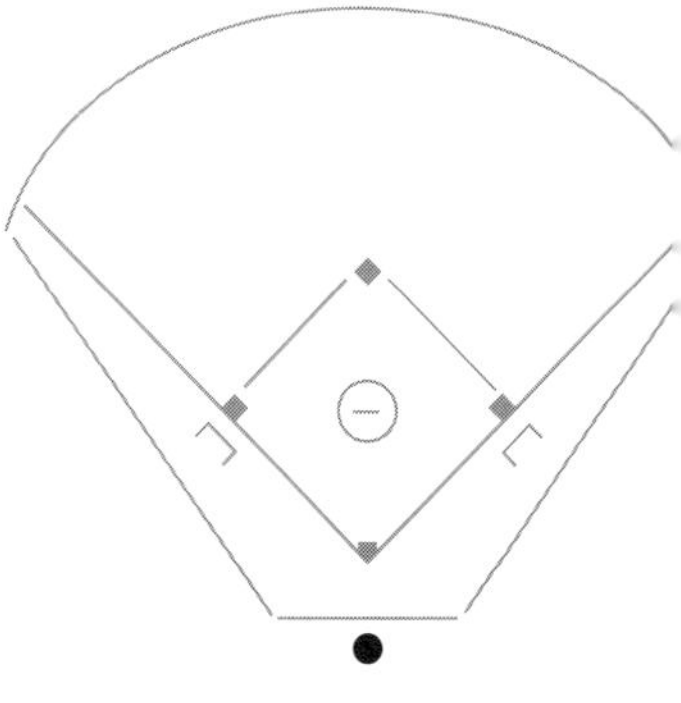

決勝と、甲子園出場に一歩また一歩と駒を進めるごとに、校内の熱はマグマのようにたまっていった。ブラスバンドの演奏と岸川勇人の名前を呼ぶ声援は、一つの固まりとなってグラウンドへと押し寄せていく。固唾《かたず》を呑んで見守る観客の視線はすべて、一つの白球を追っていた。

「南台に対する相沢高校も、部員数は三〇名と少ないながら、よくまとまったチームです」

貴志もまた、言葉を発しながら、目を凝らして一つの白球を追っていた。

「準々決勝の海老名学園戦では、相沢高校のエース中島が13個の三振を奪うピッチングで相手をねじ伏せました。その相沢、勝利まであとアウト一つ。ノーボール、ツーストライク。南台高校、４番岸川、追い込まれました。チームも、自身も、もはやあとがありません。なんとか、なんとか、打ってほしい」

一塁側の南台応援席からは、悲鳴にも近い声援が飛んでいる。貴志も目の前のビデオカメラのことなど忘れて、大きな声で叫び出したい衝動に駆られる。ダメかもしれない、という不安が胸の内に広がる。だが、その気持ちをなんとか抑え込み、自分だけに聞こえる声で実況を再開する。

「次が勝負球でしょう。緊張の場面です」

打席の勇人はバッターボックスから外れ、ゆったりした動作で一度バットを振った。

「今、岸川選手はどんなことを考えているのか。大きく息を吸い込み、ゆっくりと吐き出します……おっと今、チラリと一塁側に顔を上げたようです……ちょっと笑ったようにも見えます」

貴志は勇人の視線の先を追ったけれど、誰に対して微笑《ほほえ》んだのかは、見つけることができなかった。

「南台高校では野球部が一番長く、そして遅くまで練習をしていました。一番最初に学校に来るのが野球部で、一番最後に帰るのも野球部でした」

貴志は、登校するときにも下校するときにも、声を出しながらグラウンドを駆け回っていた南台野球部のみんなの姿を思い出していた。

「これまでに一体何回、何万回、バットを振ってきたことでしょう。ここまでくるのに、どれほどの距離を走ってきたのでしょう。

岸川勇人君、自分を信じてほしい。夏の暑い日も、冬の雪の日も、雨の日も風の日も、君ががんばってきたのを僕は知っている。君のスイングはこれまでの君の時間が支えてくれている。いつか見せてくれた手のひらのタコはどんな高価な指輪でもかなわないほどに輝いている。もちろん、同じことはマウンド上の中島選手にも、それ以外のすべての選手にも言えることかもしれません」

勇人がゆっくりと打席に入る。

プレイッ、という審判の声が貴志の席にまで届く。

相沢高校エース、マウンドの中島がセットポジションに入った。

外野スタンドまで、ほぼ満席のスタジアムの視線のすべてが、中島に注がれている。

「決め球は何か。緊張の一瞬……投げたっ、ボールッ。ボールです。外に逃げるスライダー。外れました。岸川よく見ました。カウントはワンボール、ツーストライク」

おぉぉぉぉ、と落胆と安堵《あんど》、両方の感情が入り交じった、地鳴りのような声がスタジアムをつつむ。

「結果というのは残酷です。勝者が誕生する一方で、どちらかが敗者となってしまいます。もっと言うならば、準々決勝では南台と相沢に破れた高校が二つあります。その前にはもっと多くの敗れ去った高校があります。勝利はすべての敗北の上にしか成り立たないものです。そう、勝つことは大事です。栄光は勝利の先にしかありません。

ただ……、ただ、最後まで勝ち残ることのできるチームは、たったの一チームだけです。私はふと思うことがあるのです。勝利とは一体なんなのか？　敗北とはなんなのか？　私はできることならば、この二チームともに勝利を与えたい。そんな気持ちでいっぱいです。南台高校、相沢高校、ともに本当に素晴らしいチームです。みなさんも同じ気持ちかもしれません。

でもやはり、次に進むためには勝者と敗者を決めなければなりません……。私は、実は、どこか点数には見えない勝利や敗北が存在するのではないか、とも思っているのです。それはとても難しい問題です……」


（いや）と貴志は思った。

空の飛行機雲は、ゆっくりとそのラインを伸ばしている。


（やめよう）

勝ちや負けに対する歓喜や悲哀は、今は必要ない。

「やめましょう。複雑に考えるのはやめましょう。

僕はただただ、見てみたい。ただ純粋に見てみたい。勝ち負けを超えて、中島選手と岸川選手の勝負の行方をただ見てみたい。力いっぱい戦う二人の、勝負の行方を心をワクワクさせながら見ていたい。それだけなんです。

みなさん、目を凝らして見届けてください。

さあ、太陽が黄色く染めた空の下、この試合、最高潮の時です」

相沢高校の中島が、マウンド上で汗を拭いセットポジションに入る。

その視線を受け止めるように、岸川勇人が対峙《たいじ》している。

「サインは決まったか……」

「精いっぱい投げろ。精いっぱいスイングしろ」

「中島、足を上げて投げたっ……」

岸川がバットを振り出し、ボールをとらえる。

打球が鋭く舞い上がる。

貴志ははっと息を吸い込み、反射的に腰が浮く。

そして次の瞬間、貴志ははじかれたように叫んだ。

「打ったあぁぁぁぁぁー」

STORY 10

Genki SATO

「俺の役割はみんなを甲子園に連れて行くこと」

佐藤元気

三塁側・相沢ベンチ

「ストライーック！」

審判の声に、相沢のベンチも三塁側のスタンドも盛り上がる。

中島の投げるボールを見たとき、元気は野球の天分というものを感じた。

入学したばかりのころの中島は、まだ荒削りで、コントロールが悪く、変化球のキレもなかった。ただ、ものすごい音を立ててキャッチャーミットに投げ込まれるストレートは、周りで見る人を圧倒した。

佐藤元気も、もともとはピッチャーだった。小学校、中学校と真剣に練習を続けてきたけれど、自分がどんなにがんばっても、中島のようなボールを投げられないことは一目でわかった。

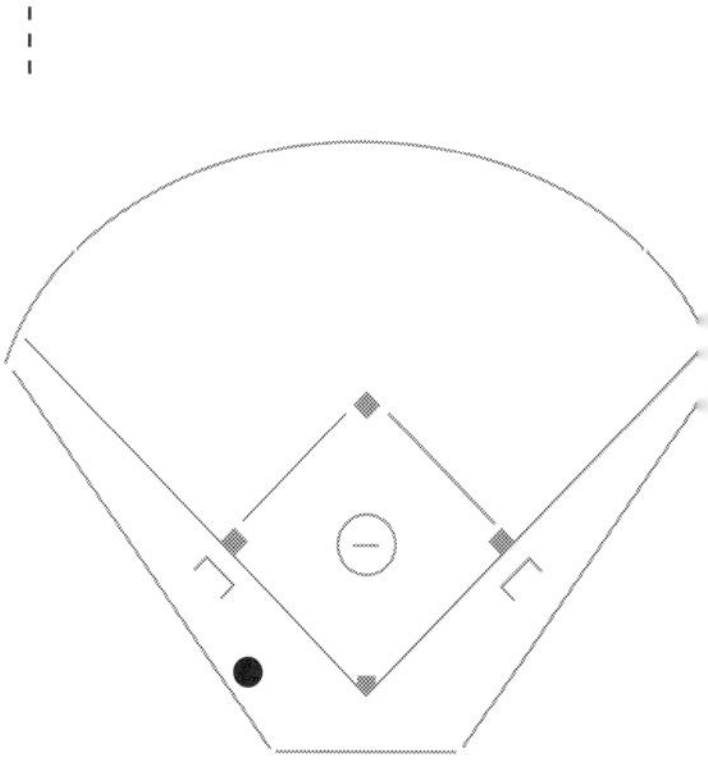

それから二年、中島は投手としての資質を開花させ、大きく成長した。コントロールが良くなり、空振りを取れる変化球も身につけた。神奈川ナンバーワン投手と言われ、新聞や雑誌の取材を受けるほどにもなった。

人は努力した分だけ幸せになれる、と誰かが言っていた。元気も好きな言葉だ。ただ、努力の先に手に入る能力は、みなが同じものというわけではない。

元気は、中島との野球の天分の差を、それほど抵抗なく受け入れることができた。それは野球の能力に関して見切りをつけたとか、あきらめたということではない。自分がチームのためにできることが、ピッチャーではないということを納得できたということだ。

「ストライーック、ツー!」

ボールの軌道が、残像として元気の目に残る。

「ナイスピーッチ」と元気は声の限りに叫んだ。

とてもよく通る声だ、といつか監督に褒められたことがある。

その声も、もうガラガラにかすれてしまっていた。

ピッチャーでなければバッターで、あるいは野手で、レギュラーをとるために元気は練習に励んだ。

「俺の役割は、みんなを甲子園に連れていくことだ」と元気は心の中で思っている。キャプテンになってからは、その思いがいっそう強くなった。チームを強くする。そのために自分ができることを考えた末に出た答えは、誰よりも前向きに明るく元気に練習して、うまくなること、だった。

一番下手な自分がうまくなれば、それはチームメートへの刺激になる。「元気だけには負けたくない」とみんな必死になる。「元気の努力に比べればまだやれるはず」とみんなの勇気にもなる。練習の量も質も上がる。その結果、元気は、今グラウンドの上にいるレギュラーたちには誰にもプレーでは勝てなくなった。そしてチームはあと一歩で甲子園というところまで勝ち進んできている。


打席の岸川勇人が一度、バッターボックスから外れ、何かを確かめるようにゆっくりとバットを振った。威風堂々、という言葉が似合う選手だなと思った。岸川が打席に入った。マウンドの中島がセットポジションを取り、左足を大きく前に踏み出す。

「ボール」という球審のコールに、おおおぉとスタジアムがどよめく。

外へのスライダーを岸川が見送った。

ワンボール、ツーストライク。


「次が勝負だ」と元気は予感した。

額から滴り落ちる汗を手で拭う。

相沢高校の三年生は元気を含めて十二名しかいない。私立の強豪校に比べたら部員数は少ないが、その分、精鋭ぞろいだと元気は思っている。ここにくるまでに、部員同士でぶつかることが何度もあった。いいチームをつくるためには、当然のことだ。もっと良くするためにという真剣な意見には、どれも間違いはない。


「大切なのはそれぞれの正しさを理解しながら、チームとして向かうべき方向を探っていくことだ。そして一人ひとりが人として成長することだ」


ある日、監督に言われた言葉だ。職員室に元気が相談をしにいったときのことだった。

言葉の意味は頭ではわかったけれど、実際にぶつかり合う仲間の中に入るのは楽ではなかった。

しかし、全体を俯瞰《ふかん》してみると、間に入ってうまく取りまとめることができるのは自分しかいない、ということも元気にはわかっていた。いいエンジンやきれいなボディ、グリップの効いたタイヤがあっても、それをきっちりつなぐネジや、しなやかなシャフトがなければ、車として完成することはない。

元気は、いつのころからか、チームを一つにするためのネジやシャフトになることを目指した。ぶつかり合うことがあったときには、一人ひとりと話をした。ユーモアも交えながら、じっくりと話をした。もちろん全員での話し合いもした。みんな努力していた。理解して質の高い練習をして、ということを繰り返したおかげでいいチームになったと元気は思っている。

前の試合では、優勝候補の私立強豪校に勝った。

チーム一丸となった勝利だったが、まさか、あの海老名学園に勝てるとは思わなかった。もちろん選手である以上、試合に出れなくて悔しい気持ちがないわけではない。家族だって、毎試合応援に来てくれている。

しかし、グラウンドに立てるのは九名だけなのだ。その九名の中に自分が入れなかったのは、悔しさの半面、一つの誇りだと元気は密かに考えていた。九名がこれほどまでにいい選手に育った背景には、自分の功績が大きいという思いは、決して口に出すことはないけれど、独り胸に抱いている。そのくらいの努力はしてきたつもりだ。

「ファイッ……トォォォー」

元気は大きな声で叫んだ。

夢の甲子園までもう少し。

マウンドの中島のボールは、高校に入学して最初に圧倒されたあのときよりも、格段に力強くなっている。中島は神奈川ナンバーワンピッチャーだ、元気はそう思っている。その背景には確固たる練習量がある。無から有は生まれないように、野球にかけた時間は、自分たちを裏切らなかった。

空に、飛行機雲がひとすじ。

元気はそれに気づいた。

中島が足を上げる。

躍動感のあるフォームからボールを投げる。

元気はそのボールの軌跡を目で追う。

キンッ……という快音が、スタジアムの大歓声を切り裂いた。

一瞬の静寂が辺りをつつむ。

元気はベンチから上半身を乗り出した。ボールの行方を追う。

すべてが止まってしまったような視界の中、白いボールだけが高く高く舞い上がっていった。

STORY 11
Yoshio KOGA

「人生を込めてジャッジする」

古賀善雄

キャッチャー後方

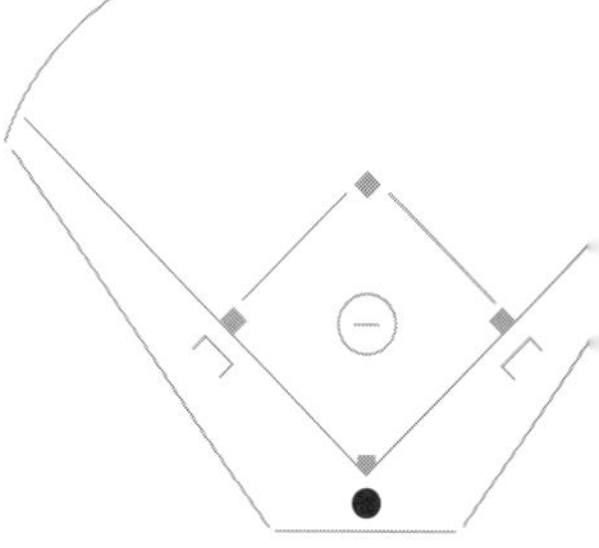

タイムを取ってマウンド上で円陣を組んでいた相沢高校の選手たちが、それぞれのポジションに戻っていく。おぉぉ、という歓声でつつまれる。

背番号10のキャプテンが、気持ちよく頭を下げ、駆け足でベンチへと戻っていった。

「プレイッ」という古賀のコールで、ピッチャーがセットポジションに入った。

キャッチャーはインサイドにミットを構えた。

敬遠ではなかった。

シューッという空気の切り裂き音とともに、ものすごいストレートがミットにおさまった。

「ストライーック！」

目の覚めるようなボールだった。気持ちのこもったボールだった。審判として、多くの投手を見てきたけれど、これほどのピッチャーはそうそうにいるわけではない。今年の神奈川ナンバーワンのピッチャーは、この相沢の中島だと古賀は思っていた。

2球目。

岸川が足を踏み出し、スイングした。

バットは回転よく回るだけで、ボールをとらえることはできなかった。

「ストライーック、ツー!」

インジケーターを回す。

「S」の部分が「2」となる。

キャッチャーがボールを返すとき、岸川がバッターボックスの外に出て、ゆっくりと素振りをした。一度大きく息を吐くと、岸川は一塁側スタンドのほうに顔を向けた。そのとき、岸川の顔に笑みのようなものが浮かんだように見えた。古賀はその視線の先に何があるのか気になった。が、審判としての使命感が振り返ることを押しとどめさせた。

ピッチャーがセットポジションに入る。

キャッチャーがアウトサイドにミットを構えた。

中島が足を上げ、力強く腕を振る。ボールは途中鋭く右に曲がる。

スライダー。

岸川のバットは止まる。

「ボール」

いい球ではあったけれど、ボール二つ分外れている。

一塁側のスタンドから、ユウト、ユウトという大きな声援が送られている。耳にというより、肌に響く声援だ。


一瞬、強く土の香りがして、かつての自分の姿がフラッシュバックした。

高校時代のグラウンドのこと、試合のこと、川崎に来たばかりのころ、息子の幼いころのこと、様々なことが一気に頭の中を駆けめぐる。

夏の学校のグラウンドだ。古賀は汗まみれで走っていた。スパイクが熱かった。あのときの喉の渇きは耐え難かった。水が欲しかった。最後の試合で負けたとき、地面に膝をついた。工場の近くの桜がきれいだった。真博がボールを初めてキャッチした。打席に入る小学生の真博。走る真博の姿……。映像が一瞬のうちに古賀の脳裏をめぐっていく。

古賀は少し慌てた。きっと、記憶というのは鍵のついた宝箱のように頭の中にしまわれていて、ふとしたときにフタが開くのだろう。

古賀は小さく首を振り、前を見据えて腰を落とした。


再びピッチャーの中島がセットポジションに入る。

耳に届いていた声援がだんだんとフェードアウトされていく。

足を上げて、ボールが投げ込まれる。

岸川が足を踏み出す。

キンッという鋭い金属音が、空気を切り裂く。

ボールが高く舞い上がる。

それを古賀の視線が追いかける。

黄金色の空に吸い込まれるように飛んでいくボールを見上げ、古賀はブルッと鳥肌の立つ思いがした。

フルスイング | STORY 11 古賀善雄

STORY 12

Junichiro IWASAKI

「かっ飛ばせ！」

岩崎淳一郎　レフトスタンド

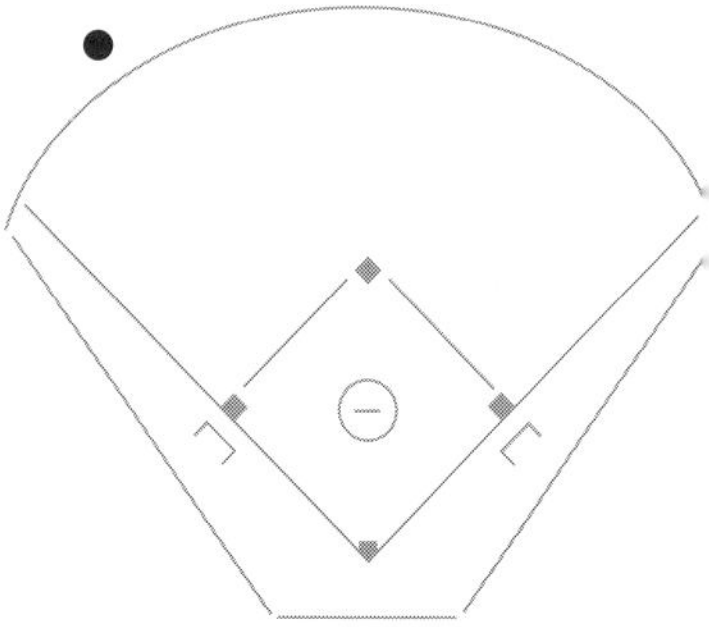

中島の3球目は、外へのスライダーだった。

一瞬、岸川のバットが出かかったけれど、なんとかこらえてワンボール、ツーストライクとなった。

「岸川ぁぁ、かっ飛ばせぇぇ」

淳一郎が大きな声を出した。

「めずらし」と岡本が驚いた表情をする。

「淳が大声出すなんて」

淳一郎はもう一度、腹がよじれるほど大きな声を出して声援を送った。

「打てぇぇぇぇぇぇ……」

頭が少しくらくらとする。

（こんな体なんて）と思った。

（はじけ飛んでしまえ）

酸欠気味の頭で、もう一度大声を出す。

「ファイットォォォォ」


そのとき、自分が打席に立っていた十年前がフラッシュバックした。


「4番、ショート、岩崎くん」

かつて聞いたアナウンスが脳裏によみがえる。


グリップの感触を確かめる。


「淳、頼んだぞ」という声が聞こえる。その声は岡本であり、久美だった。

大きな声援が打席へと背中を押してくれる。

心臓と呼吸の音を感じながら、ピッチャーに対峙する。

向かってくるボールにバットを叩きつける。

うまくとらえた、という感触があった。

快音に引っ張られるように顔を上げ、目はボールを追う。

スタンドまで届けと願いを込めたボールは、無情にもフェンスの手前で外野手のグラブにおさまってしまった。あと少しだったんだ。もう少しだった――。

淳一郎は二十九歳になった今に戻り、空を見上げた。

ひとすじの飛行機雲が見える。きっとその飛行機は、淳一郎の知らないどこか遠くへ向かっているのだろう。


相沢高校の中島が4球目を投げる。

南台高校の岸川がバットを振り抜く。

打球が、糸を引くような鋭い角度を描く。

キンッという硬質な金属音が少し遅れて耳に届く。

その瞬間、淳一郎は立ち上がった。

フルスイング | STORY 12 岩崎淳一郎

岡本も久美も立ち上がった。
ボールは高く上がり、ぐんぐんと淳一郎たちのほうへ近づいてくる。
ぐんぐんぐんぐん近づいてくる。
高く高く舞い上がる。

「届けぇぇー」と誰かが大声で叫ぶ。
淳一郎は声が出せない。
ただただ、強く強く、そのボールを目で追っていた。

STORY 13
Taichi KISHIKAWA

「ファインダー越しに成長が見える」

岸川太一

一塁側ベンチ上

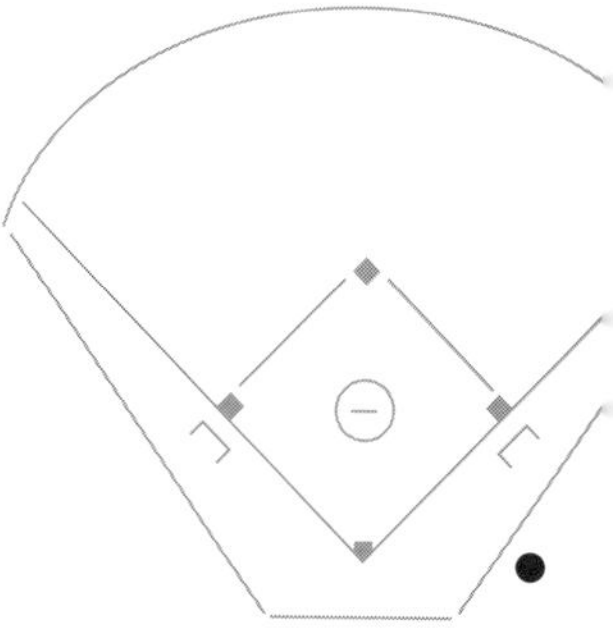

自分にはこれほど輝かしい時間があっただろうか、と思う。

いつになっても色《いろ》褪《あ》せない記憶、それがこれまでにあっただろうか、と。そして、これから先の将来に、出合うことがあるのだろうか。

全校生徒の期待を背に打席に立ち、相手ピッチャーと対峙するプレッシャーとは一体どのようなものだろう。その高揚感はどんな感じがするのだろう。太一は想像してみるが、間違った鍵を鍵穴に差し込んだように、しっくりとはこない。

いい学校を出たからなんだ、と就職してからたまに思う。

働き始めて一年ほど経過したけれど、先輩たちの様子を見ていると、ちょっと先の未来が予想され、気が滅入ってしまうこともある。

もちろん魅力的な先輩もたくさんいる。すごい、と感心する同僚もいる。仕事や仲間が楽しくないわけではない。大手企業なだけに、経済的な不安は感じていない。このまま安定した生活をしていけるだろう、という予想も立つ。

（母親や勇人が経済的に困ったときには力になれるかもしれない。それは本当によかった）

太一はカメラを構え、レンズを勇人に向ける。

（ただ、わがままかもしれないけど、その安定や安心が、なんだかほんのちょっとだけ、物足りないんだ）

これから先にあること、例えば、出世する、旅行する、恋をして結婚をする、家庭をもち運動会や授業参観に行く。家を買う、小遣いの中からやりくりする……、そのどれもが優・良・可・不可で言うと「良」であり、心を揺さぶられるような甘美な響きはないような気がしていた。

随分前だけれど、大学合格を目指していたときのほうが、シンプルな充実感があったように太一は思う。合格発表の日の興奮を、いまだに思い出すことがあったからだ。

「そりゃ、まだ学生気分が抜けてないからだよ」と同期の仲間には言われる。

（なんでこんなことを考えているのだろう？）と太一は不思議だった。

レンズの先に、弟の勇人がいた。

（ああ、そうか）と太一は思った。

（まぶしいな）

目の前の弟がまぶしい。

バットを構え、ピッチャーと対峙している勇人がいる。

その姿は、目をつぶりたくなるほどに輝いて見える。

ワッという歓声が上がる。

相沢高校のピッチャーの投げた球が、ボールと判定された。

一瞬、勇人の体が動いたときには、終わりの予感に襲われたけれど、なんとか勇人は見逃すことができた。


カットバセー、ユッ、ウッ、トッ　ユッ、ウッ、トッ

応援の言葉に願いや祈りの気持ちが乗っている。

その空気の振動に、太一の心も震える。

今日この球場へ来て、太一は、勇人が自分の知らない場所ですくすくと成長していたことを知った。勇人は、太一の知らない世界をちゃんと築いていた。それは、太一がどうが

んばっても、手出しのできない世界だった。

父親のいない家の中、勇人にとっての父親代わりを果たそうという思いが無意識にあった。勇人に欠けてる部分が目につき、勇人に足りない部分が目につき、それだと幸せになれない、と本気で考えていた。

だが、それがどうやら自分の思い違いであると、太一はついに気づくことができた。太一には見えていなかった勇人のいいところが、今、勇人を幸せにしてくれている。

(放っておいても、子どもは大きくなる)

太一は心の中でそう思った。きっとそれは自分も同じだったのだろう、とも……。


カシャー、カシャーとシャッターを切る。

ファインダーをのぞく目頭が、少しだけ熱くなった。

その熱さがどこからきているのか、はっきりとはわからなかったが、思い出の中に起源があるのだろうと太一は思った。

疲れた母親の肩を叩いたり、足をマッサージしてあげていたのは、いつも勇人だった。

洗濯物を取り込んだり、たたんだり、勇人は優しくて、いいやつなんだ。

ピッチャーが足を上げて投球モーションに入った。

勇人がバットを振り出す。
キンッという絶対的な音に、一瞬、時が止まった。
ボールがレンズの向こう、はるか彼方《かなた》へと飛んでいく。

太一はシャッターを押すことができなかった。
瞬《まばた》きすらできなかった。

太一は顔を上げ、ボールの行方を追った。

どこまでもどこまでも、永遠に飛んでいくようだった。
今までのつらいことや、疑念とか迷い、すべてのモヤモヤを吹き飛ばすように、ボールは高く高く舞い上がっていった。

STORY 14

Yuto KISHIKAWA

「みんなのために打つ」

岸川勇人 ― バッターボックス

ツーストライク。

追い込まれた勇人は気持ちをリセットするため、一度素振りをした。大きく息を吐いたあと、一塁側の南台応援席を見上げる。

保護者の集団に交ざって座る母親が見えた。南台高校の応援用Tシャツを着ている。その斜め下には、やはりなじみのある雰囲気の人物がいた。兄の太一だ。カメラを構えている。

「にいちゃんはすごい」と勇人は思っている。

何がと問われると、勉強がよくできることがだよ、ということくらいしかほかの人には伝えることができないけれど、本当はそんなことが「すごい」のではないことを勇人はわ

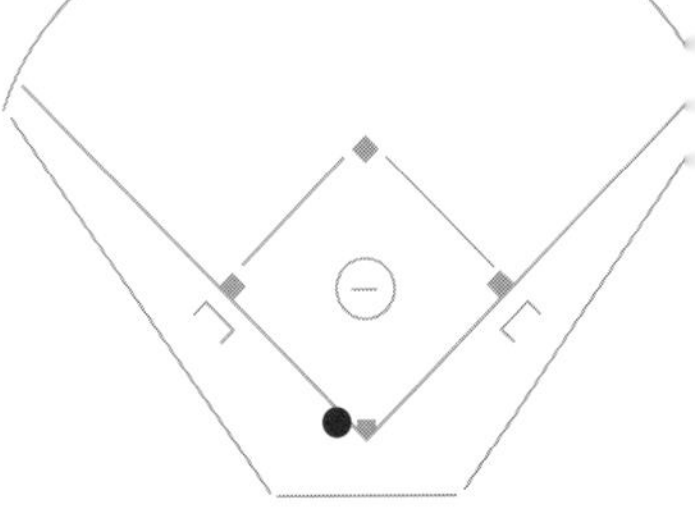

かっている。

思いやりや愛情のようなものが兄の太一にはものすごくあって、母親のいない家の中でも、太一がいるだけで安心だった。今使っているグラブは、太一に買ってもらったものだ。欲しかったけれど、高くて手が出せなかったグラブだった。母親だけの岸川家は、勇人が贅沢《ぜいたく》を言えるほど経済的に余裕があるわけではない。

「家族はチームだから」と太一はよく言っていた。

「みんなが自分の好きなようにできるわけじゃないから、我慢しなきゃダメなことがある」

小さいころ、勇人が欲しいものが手に入らなくて泣いていたときに言われたことだ。

「家族みんなで幸せになることが大事だろう？　チームなんだから。お母さんも、俺も、勇人もみんなが幸せになる方法を考えようぜ」

そのとき、勇人は欲しいものを我慢した。今となっては、何が欲しかったのかも思い出せない。今となっては取るに足らない、だが、当時としては重要なものだったのだと勇人は思う。

大学生になりアルバイトを始めると、太一は家に帰ってくるたびに勇人に小遣いをくれた。去年の春、就職祝いに母親と二人で買ったネクタイを贈ると、なぜだかわからないけれど、就職祝い返しだと言って、グラブを買ってくれた。それを毎日磨いている。

グラブを磨いている時間は、太一にとって自分と対話する時間でもあった。野球のこと、仲間のこと、学校のこと、その日あったことや家族のこと、将来のこと、いろいろなことを考えた。楽しさにウキウキしながら磨くこともあるし、モヤモヤを整理しながら磨くこともある。たくさんの思いや時間が擦り込まれたそのグラブは、世界に二つとない大切なものだ。


勇人は、太一の構えるカメラのレンズに目を向けてから打席に入った。

なんだか、気持ちが落ち着いた。

ベンチを見ても、スタンドを見ても、自分には味方ばかりだ、ということに気がついた。

そして、こういうチャンスでこそ、自分が結果を残せていることを思い出した。

オチツイテイケー　タノムゾー　ゼッタイイウテル　ジシンヲモテ　ユウト　ユウト　ユ

ウト

大きな歓声が勇人の体をつつみ、それもだんだんと消えていく。

「プレイッ」

視線の先にいるのは、相沢高校の中島だけだ。
トクントクンという心臓の鼓動の音も、自分の呼吸音も、消えていく。
意識はピッチャーだけに向けられる。

（ボールだ）

勇人はバットを止める。
よく見える。
誘い球であることはすぐにわかった。アウトコース、ストライクからボールに外れていく変化球。

「ナイスセンッ！　ナイスセンッ！　見えてるぞ、勇人っ」

鎌田の声だ。

（おう）と心の中で勇人は答える。

ボールも見えてるし、おまえの声もよく聞こえてる。

（南台高校に入ってよかったな）

ふと、そんなことを思った。

「勇人、がんばれー」

母親の声だ。

大きな声で応援してくれてありがとう。

（俺、みんなのために打つよ。ヒーローになっちゃうな）


ピッチャーが投球動作に入る。

ボールはやはりよく見える。ストレートだ。

勇人は足を踏み出し、腕に力を込める。

ボールがバットにあたる瞬間、角度をつけ、振り切る。

キンッという金属音が、勇人の中の静寂を切り裂く。

両腕にあわ粒が立ち、それが体中に広がる。

理想的な軌道ではじけ飛ぶボールを、勇人ははっきりととらえていた。

金色に染まった空の中、ボールはぐんぐんと高度を上げていく。

雲を越え、空の彼方、どこまでもどこまでも永遠に飛び続けてほしい。

勇人はそう思いながらボールを見つめていた。

どこまでも、どこまでも……

「うわーっ大きいっ、大きぃ、伸びる、伸びる、伸び……届け、とど……入れっ、入れぇーーーーっ……、うわっ、うわぁぁぁー……入ったっ！　入った！　入った……ホームランッ、ホームランですっ。

ホームラン……ボールが……今、レフトスタンドに消え……くっ……消えていきました。

ぎゃ……逆転です。南台高校、４番岸川ゆ、勇人の……ホームランで、逆転勝利……すごい……すごいよ勇人くん……。

お聞きください。聞こえますか？

大歓声です。

大歓声で……ねぇ勇人くん、球場が割れそうだよ……。

この……こ、黄金色の空に、誰にも描けないきれいな、きっ、きれいな……きれいな……放物線を……え、描いていきました。

これほど……ぐっ……きれいな放物線を僕は……ぼ、僕は……ぐっ……これまでにうっ……見たことが……ありません……。

今、空に、空に黄金の軌跡が描かれました」

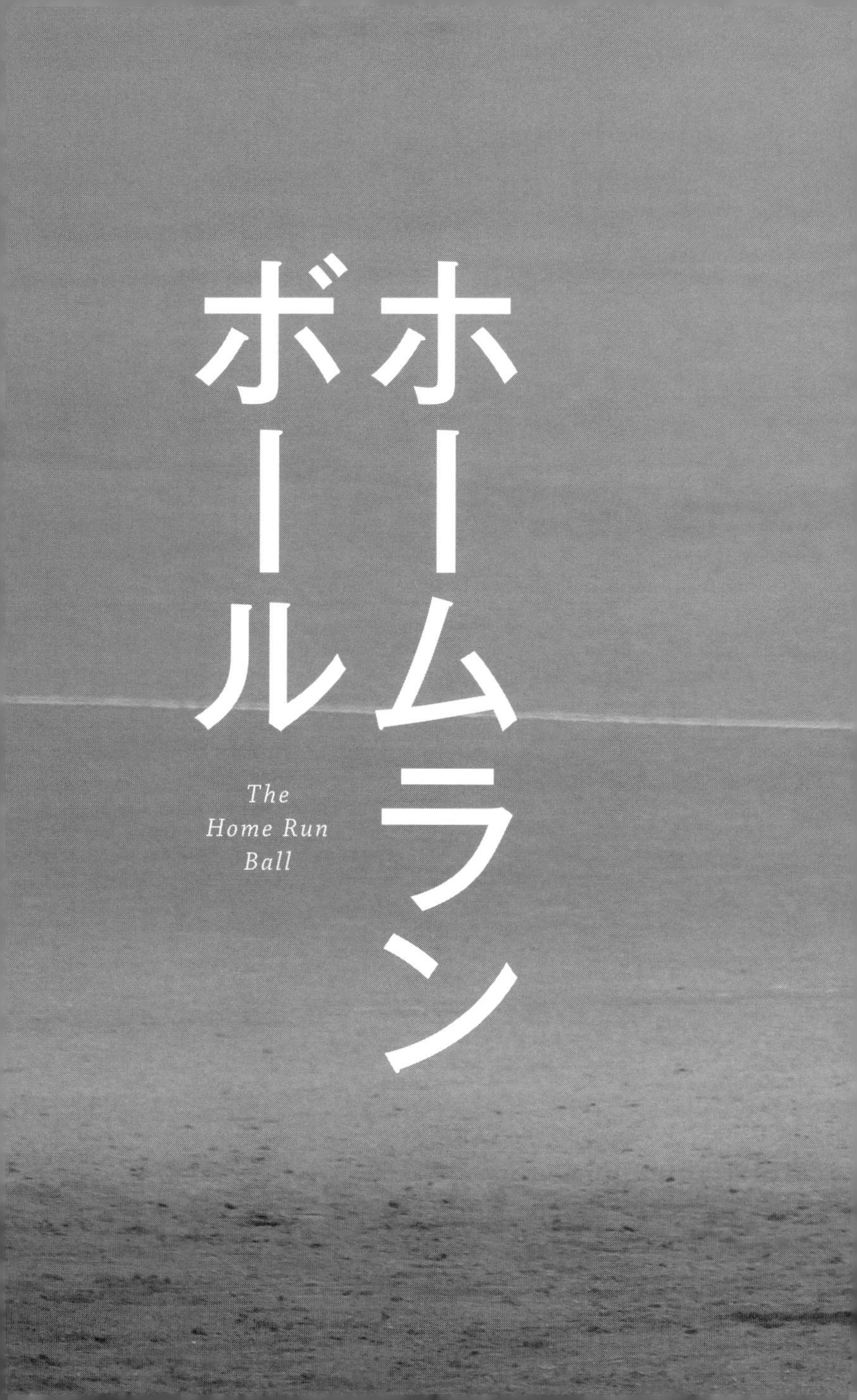

ホームランボール

The Home Run Ball

人生の決断

岩崎淳一郎

高く舞い上がり、スタジアム中の誰もがその行方を見つめていたボールは、淳一郎たちのすぐ前に落ちて高く跳ねた。それをつかもうと、岡本が手を伸ばす。

球場を震わすような歓声がすべてをつつみ込む。淳一郎は身震いし、拳を空に突き上げた。声にならないような声で叫ぶ。久美も隣でキャーと声を上げながら拍手を送っている。

打ったバッターは、悠然とダイヤモンドを回っている。

「淳」

名前を呼ばれて振り返ると、岡本が得意げな顔で立っていた。

手にはボールが握られている。

「これで失業者だな」

岡本は淳一郎にボールを手渡した。

「うれしいね」

淳一郎は笑った。

「おかげで次の人生が手に入った」

「なんか、クサイこと言うね」と久美が言う。

「淳は作家になるんだからいいんじゃないか」

淳一郎は清々《すがすが》しい気持ちで二人に視線を向け、そしてグラウンドの選手たちを見やった。


南台高校の選手たちがホームランを打った岸川を祝福している。

肩を落とした相沢高校の選手たちがその場に立ち尽くしている。

歓声はまだやみそうもない。


「俺は思うんだけど」と岡本が口を開いた。

「人生、先のことがどうなるかなんて、誰にもわからないよな。どんな道を選んでも『果たしてこれでいいのか？　よかったのか？』って疑問はつきまとうよ」

うん、と久美も小さくうなずく。


「俺はさ、飲食の店をずっとやりたかったから、覚悟を決めて引っ越し会社を辞めたんだ。そのときには、店をやるのにちょうどいい物件が見つかってて、嫁もそうだし、いろんな人が協力してくれてさ、自分でもほれぼれするくらいの店になったよ。その店が今のところはとても順調にきてて、このまま順調であってくれ、って願ってるんだ。

次の野望もある。店をうまく経営していく自信はあるんだけど、でも実際どうなるかなんて、誰にもわからない。一年、無事に回すことができて、次の三年くらいがようやく見えるようになった。

もちろんまだ不安もあって、今は客が来てるけど、そのうち飽きられてしまうんじゃないか、とかって考えていたりもする。近くに新規オープンする店があるなんて聞くと、自分の店と客層が重ならないことを祈ったりする。うまくいかなかったときのことを考え始めて眠れなくて、夜中にこっそり起きて、いざというときにはこうしようっていう作戦を明け方近くまで考えたりもするんだ。たまにドッと疲れたときは、『俺、本当にこれがやりたかったのかな』なんて思うことだってある」

「岡本くんでもそんな気持ちになることがあるんだね？」と久美が言う。

「あるさ。誰にも言ったことはなかったけど」と岡本は続ける。

「何を選んでも不安とはうまく付き合っていかなきゃいけないんだろうなって思う。どんな道を選んでも、不安は消えないってことをわかったうえで、今、決断しなきゃいけない。何かを手に入れるためには、今、何かを手放さなきゃいけない。

実は、引っ越し会社を辞めるとき、みんなが思っている以上に勇気がいったよ」

「辞めなきゃよかったって思う？」という久美の問いかけに、岡本は首を横に振る。

「あのとき、自分の内側にはさ、小さな自分がいて、『挑戦しようぜ』って声がちゃんと聞こえてたもんな。もしそれを無視して耳をふさいでたら、あとで振り返ったときに、後悔というしこりが残ることは予想がつくし。

結局は、どっちかを選ばなきゃいけない。やるか、やらないか。選択って、そういうことなんだと思う。

でも俺はそこで、どうせ悩むのなら、やりたいことをやって、それをどう楽しむかで頭を悩ませたい、って思ったんだ。楽ではないけど楽しい道を選びたいって。できるかできないか、じゃなくて、やるかやらないか、だろ」

「なんか、ちょっと岡本、かっこいいじゃない」と久美が優しく表情を崩す。

「ま、淳くんは独身だし、やりたいように生きるのがいいんじゃない？　男の人って、会社とか仕事を辞める辞めないで、大げさに考えすぎなんだよね。女の人なんて、結婚とか子育てとかで、しょっちゅう働く環境は変わるから、慣れちゃってるところもあるけど。それほど問題ないわよ。何とかなる、って考えられたら、人生は自由自在よね。ただ、友達として、不幸にはならないでほしいとは思うけど。それはつまり、どんな状況であっても、笑って楽しんでほしいってことなんだけど」

「淳は不幸にはならないよな」と岡本が言う。

「さんざん今まで悩んできたんだもんな。小説家ってどうやってなるのかとか、どんな生活していくのか見当つかないけど、生きていくだけだったら、どうやったって生きてはいけるだろ。それよりも、たった一度しかない人生を、ただ生きるだけじゃなくてさ、楽しんで生きると決めることが大事なような気がするよ。

幸せはさ、毎月の給料日にくるもんじゃないぜ。ついでに、どこかで売ってるものでもない。心の内側に感じて、育てるものだからね」

グラウンドでは、両チームの選手たちが礼を交わし、南台高校の校歌が流れ始める。三人は思い出したかのようにグラウンドに顔を向け、耳を澄ます。

校歌が終わり、スタジアムが大きな拍手でつつまれる。

「まだなんにも始まっちゃいないけど……」と淳一郎は口を開いた。手にした硬式の野球ボールには、懐かしい手触りがある。少しだけ温かい。

「自分に嘘のない勝負をこれからしようと思うよ」

がんばれ、と久美が言う。岡本も賛成を表すようにうなずく。

「ありがとう。もし俺がいつか有名になって……いや、有名になるとかならないとかは問題じゃないよな、自分の人生を振り返って、自分の人生を話す機会があったときには、今日のこの日のことを話すよ。人生のターニングポイントはこれでした、って」

淳一郎はボールを見つめ、視線を二人に向けた。

「人生はいつでもスタートラインを用意している。よしやるぞ、って決めた瞬間の劇的さはきっと、逆転ホームランのようなんだ。そしてなんだか今は、いろんなことがうまくいきそうな予感がしているよ」

二度とない時間

佐藤元気

自分の状況を忘れ、元気は岸川の打球に見とれてしまった。

その軌道があまりにもきれいだったからだ。

白球の描く放物線は、スタンドまで続いていった。

歓声がスタジアム全体を揺らし、まるで巨大な生き物の雄たけびのようだった。空に描かれたひとすじの飛行機雲だけが唯一、我関せずの様子で、そのラインを先へと延ばしていた。


3対5。

逆転負け。

自分たちの三塁側ベンチだけが、世界のくぼみの中に消えてしまったかのように静かだった。

元気はそれでも、ストンと下に落ちそうになる視線をぐっと持ち上げた。

ショートの森山は、グラウンドにうずくまって泣いていた。それをサードの室井が、肩に腕を回して抱き起こしていた。

ホームベースの前では南台の選手たちが集まり、ホームランを打った岸川を乱暴に、けれど、こぼれるほどの喜びの表情でたたえている。元気は目をそらすことなくその様子を見続けていた。

その脇を、ファーストの近沢が天を仰ぎながら歩いている。キャッチャーの柴田はホームベースのところに呆然と立ち尽くしていた。

わぁぁぁぁという鳴りやむことのない歓声。肌を震わすほどの盛り上がりも、元気たちにとっては、どこかよそよそしく感じられる。

ピッチャーの中島は、膝に手をつきうなだれている。セカンドの田中が、しっかりとした足取りで中島に近づき、背中に手を添える。


「集合っ」

審判の声に、元気は大きく息を吸い込み、「さあ、行こう」と、いつもの太く聞き取りやすい声でベンチの中へ声をかけた。

下を向かないこと。

これが元気のプライドだった。

元気を先頭に、相沢高校の選手たちが整列をする。

乾ききったグラウンドでは、太陽に染められたあかね色の砂埃が舞い上がっている。試合前にきれいに引かれていたバッターボックスの白線は、すでに消えてなくなってしまっていた。

南台のキャプテンと目が合った。岸川だ。日焼けした顔の中に白い歯がまぶしく光っている。

「ゲームっ」という声に、選手たちが互いに礼をした。

球場全体から、大きな拍手がスコールのように降ってくる。

それは勝利した南台だけに贈られているものではない。

この試合に関わった、すべての人たちへの祝福だ。

「ありがとうございました」と挨拶を交わしたあとに、元気は岸川に「ナイスバッティング」と声をかけた。岸川は笑って「相沢はすごくいいチームだった。君たちの分までがんばるよ」と言った。元気は岸川に対して、とてもいい印象を持った。

三塁側のほうへ戻るとき、どの選手も足取りが重かった。どの顔もぐちゃぐちゃだった。ピッチャーの中島は大きな背中を縮めて、帽子で顔を隠すようにして泣いている。

「さあ、整列だ」

元気は声をかけ、応援し続けてくれたスタンドへ挨拶するために、先頭に立って走った。席を立って帰り支度をする人たちもいるなかで、三塁側の応援団は、まるでそれが自然の法則であるかのように、じっと元気たちを待っていてくれた。

「泣いてもいいけど絶対に下を向くなよ。俺たちは自分に恥じることのない精いっぱいの戦いをしたんだ」

　たくさんの生徒や先生、保護者たちを前に整列をする。

　元気は胸を張った。


「中島」

　隣には中島が立っている。土と汗のにおい。

「顔を上げろ」

　中島は帽子でその表情を隠しながら肩を震わせている。ときおり、しゃくり上げる声が聞こえてくる。

「おまえは胸を張れ」

　表情を隠した中島は無言だ。

「なぁ、中島。泣いてちゃ見えないぞ」

「……」

「優香ちゃんのパンツ、やっぱり水玉だ」

「……」

「あの水玉って、もしかしてさ……」

元気は神妙な表情をスタンドに向け、帽子を取った。

「野球ボールのつもりなのかな?」

「ぶっ……」と中島は帽子の奥で吹き出した。

「……バカヤロー……」

そう言うと、中島はゆっくりと帽子を取り、顔を上げた。

汗と涙と泥まみれの顔で、不格好に泣きながら、そして笑った。


試合後、速やかに荷物をまとめると、ベンチをあとにした。球場裏の集合場所へと向かう。

元気は不思議と涙が出なかった。チームメートの肩を抱き、背中をたたいて励ますことが、自分の感情よりも先に出てきていたからかもしれない。

スタジアムの外に、選手、ベンチ入り選手、ベンチに入れなかった選手、マネージャー、コーチ、家族たち、関係者が集合すると、金子監督はみんなに向かって話し始めた。

空は夕日で真っ赤に染まっていた。金子監督の言葉は、限りなく感動的なものだった。

そこには引退する三年生をはじめ、相沢野球部に対する賞讃の言葉しかなかった。誇りに思う、そう言ってくれた。その言葉に触れるたびに、チームメートのすすり泣く声が大きくなった。

監督の話が終わると、今度は、この大会で引退となる三年生が一人ひとり、仲間や後輩たちに向け、あるいは応援してくれた家族に向けて話した。どの言葉にも感謝があふれていた。相沢高校でみんなと一緒に野球ができてよかったという喜びの言葉だった。同時に、もう一緒にプレーすることができないのが悲しいという惜別の念だった。いい試合だった、いい時間だった、その思いは全員に共通していた。


「いつか」と誰かが言った。

「いつか終わりがくると知っていたら、今をもっと大切にできるだろう。かけがえのない今を、精いっぱいに生きることができるだろう」


最後に、と金子監督は元気の名前を呼んだ。

元気はみんなの前に立ち、帽子を取った。

共に過ごしてきた仲間たちが、真っ赤にはらした目で自分を見ている。元気はその視線の一つひとつをしっかりと受け止めながら、記憶に焼きつけるように、それぞれの顔を見回した。ゆっくりと大切に話そう、そう決めていた。

だが、自分の口から「今まで……」という言葉が出たとき、元気はその声が予想以上に震えていることに驚いた。頭の中には「ありがとう」という言葉が浮かんでいたけれど、それ以上、口がうまく動かなかった。胸がしくしくと痛みだし、何から何まであふれてきそうな気がして、口を開けなかった。思い出すまいとするのに、今までの時間が永遠に終わることのない映画のように脳裏に浮かんできた。いいことばかりがあったわけじゃない。それなのに、なぜか思い出すのはいいことばかりだった。限界だった。頬を熱いものが伝い、元気は顔を下げずに泣いた。

少しだけ涙を流すと、いつもの落ち着いた自分に戻ることができた。

「ありがとう」

元気の顔は晴れやかだ。涙の余韻か、その眼差しはきらきらと光る。

「僕は相沢高校野球部に入って心の底からよかったと思っています。夢の……夢の甲子園には届きませんでしたが、それ以上に価値のあるものが今ここに確かにあります」

そう言うと、元気は自分の胸に手を当てた。

「これからはそれぞれのステージで、それぞれのボールを追いかけることになるけれど、このチームから得たものは、永遠に僕の中に生き続けます。

本当にありがとうございました」

深く礼をすると、金子監督がゆっくりと近づいてきて、みんなのほうに体を向けた。

「佐藤はこのチームのキャプテンだが、レギュラーじゃない」

金子監督はそう言った。

「でも、相沢高校がここまでくることができたのは、この佐藤がいたからだ、と俺は心から思っている。

みんなが知っているかどうかはわからないけれど、実は、佐藤はよく俺のところに相談に来ていたんだ。練習前も、練習が終わってからも。どうなったら相沢が強くなるか、いいチームになるか、そのために自分ができることは何か、そういうことを俺に相談に来てくれたよ。

なあ、みんな。野球やってたら、誰もがエースや４番になりたいよな。誰もがメジャーリーガーのイチローのようになりたいって思うもんだ。

でもな、チームの中での自分を一番生かす方法を考えたとき、エースでも4番でもイチローでもないときがあるんだ。チームのために自分を生かす。俺は佐藤を見ていてそのことを学んだよ。

この誇るべきキャプテンが与えてくれたもの、それは、尽きることのない元気と勇気、前を向く視線と、意見を言い合える関係、後ろめたさのない正々堂々とした姿勢。何より全員をつつみ込むような想い。

なあ、みんな、相沢高校野球部は最高のチームだ。夢を見させてくれて、本当にありがとう」


いつか終わりがくると知っていたら、今をもっと大切にできるだろう。

かけがえのない今を精いっぱいに生きることができるだろう。

挑戦する勇気

野上貴志

貴志は肩から下げたバッグを持って、スタジアムの外に選手たちが出てくるのを待っていた。

沈みつつある太陽が、スタジアムの直線的な陰影を地面に落としている。貴志はその影の中にいた。暑さの和らいだ空気で、火照った心が落ち着くのを感じた。

貴志たち放送部員以外にも、南台の生徒や家族がたくさんいた。

歓声が起こり、貴志が目を向けると、監督を先頭に選手たちが姿を現した。戦いを終えた戦士たちの凱旋を迎える、そんな誇らしい空気が辺りを覆う。

ひと際大きな喝采の中に、岸川勇人は立っていた。クラスメートたちに取り囲まれているその姿を見ながら、貴志はタイミングを見計らって近づいていった。その後ろには、手にビデオカメラを持った堀内がついてきている。

「勇人くん」と貴志が声をかける。

勇人はニッコリと笑うと、右手を挙げた。貴志も呼応するように右手を挙げ、ハイタッチを交わす。バチンという音がして、貴志の右の手のひらにじんじんと心地いいしびれが残る。そのしびれは皮膚の内側、血管を通り、血液に乗って心臓まで届く。

「ヒーローインタビュー、お願いしてもいい？」

「いいぜ」と勇人は汗を拭う。

それを耳にした周りの人たちから、おぉぉ、という歓声と拍手が起こり、貴志と勇人は目を合わせて軽く笑った。

「それではみなさん」と貴志はずっと見てきたテレビのアナウンサーのように、ボイスレコーダーをマイク代わりにして勇人の隣に立った。二人を取り囲むように人の輪ができている。正面には堀内がいて、その様子をビデオカメラに収めていた。

「本日のヒーロー。逆転サヨナラスリーランを放ち、見事、南台高校を勝利へと導いた、岸川勇人選手です」

大きな拍手が起こる。

「おめでとうございます」と貴志がボイスレコーダーを向ける。

「ありがとうございます」と勇人が答える。

「今の率直な感想を聞かせてください」

「最高です」

「ほんっとうに、ナイスバッティングでした」

「ありがとうございます」

「ツーアウト、ランナー二、三塁。あの場面、どんなことを考えて打席に入ったのですか？」

「絶対に打つ。それだけしか頭にありませんでした」

「緊張はしませんでしたか？」

「実はあんまり……覚えていません」

「打ったボールは？」

「まっすぐです」

「打った瞬間、スタンドに入ると思いましたか？」

「手応えはあったけど、打った瞬間はただスタンドに届くことを祈っていただけです」

「みんなの声援は聞こえましたか？」

勇人は自分の中にある何かを確認するように、軽く二、三度うなずき、「それが」と口を開いた。

「僕の勇気になりました。みんなの大きな声援が、気持ちが、僕を後押ししてくれたんです。そうじゃなかったらあの場面、ビビって途中で帰っちゃったかもしれません。本当にありがとうございます」

「私たちのほうこそ」と貴志は上気した言葉でつないだ。

「岸川選手にたくさんの勇気をもらっています。

岸川選手、私は思うのですが、岸川選手のように壁を突き抜けてくれる人が一人でもいたら、周りにいる人たちの価値観もきっと大きく変わりますね。まさか神奈川の県立南台高校が決勝まで勝ち進めるなんて……。普通に考えたら無理、という状況を覆す、そんな力強い人がそばにいるだけで、周りにいる私たちも『そうだよな。やってみればうまくいくかもな。やってみようかな。できるんじゃないかな』って力がわいてきます」

勇人は照れくさそうに笑って、そんな立派なもんじゃないよ、と謙遜《けんそん》した。

「私も……」と貴志は言った。

「私も、そんなふうになりたいと思っているんです。自分ががんばることで、ほかの誰かの勇気になるような人になりたいんです。テレビの中とか遠い世界のほかの誰かの話じゃなくて、勇人君は、実際に私の目の前にいて、やるべきことや困難に逃げずに立ち向かい、成長して、何があっても笑っているような、そんなパワフルな——そんな選手なんです。誰かのがんばっている姿っていうのはきっと、いや絶対、周りに伝わって、ほかの誰かをも動かす力になっていると私は信じているんです。私もそんな人になりたい」

勇人はうんうん、とうなずいた。

「そんな想いを持ちながら、僕はホームランボールを見ていたんだ。いや、すごかった、ホントに。ホントに感動したんだよ」

そこで勇人は、声を上げて、あはははと楽しそうに笑った。

「なあ」と勇人は言った。

「これ、俺のインタビューだよな?」

貴志は、はっと我に返り「ごめんなさい……」と頬を赤らめた。同時に周りからは大きな笑いがどっと起きた。

人生の充実

古賀善雄

「やっぱり今日、一杯やってきません？」

ペットボトルのお茶を飲みながら、小山が聞いてきた。

「今日の試合、すごかったから、誰かと話がしたいんですよ」

「いやあ……俺はなあ。車で来てるし。ほかの人を誘えばいいだろ？」

「いやいや、古賀さんと話したいんですって。このまま家には帰れやしません。付き合ってくださいよ」

白色灯の弱く光る審判の控室で着替えを済ませ帰宅するところだった。ほかの人を、とは言ってみたものの、古賀と小山のほかは、もうすでに帰ってしまっていた。それ以外でまだ残っているのは球場のスタッフだけだ。

「焼き鳥なんていいじゃないですか」という小山の言葉に心が揺れた。

「運転代行してもらいましょうよ」という意見に心の傾きが大きくなり、「代行代、私も半分持ちますから」という提案に気持ちが固まった。そこまで言ってもらって断れるはずがない。

球場の外に出ると、空はすっかりと藍《あい》色にその色みを変えていた。頬をなでる風も穏やかで心地よかった。

ちょっと待っててよ、と妻に確認を取るつもりで携帯電話を取り出した。するとそこにはメールの着信があった。妻からだった。メールボックスを開き、内容を確認する。

携帯をしまうと、古賀は小山のほうを振り返り、申し訳なさそうに「すまん」と顔をゆがめた。

「今日はやっぱりダメだ。今メールがきてて、ちょっと用事があって行けない」

残念そうな表情をする小山とは、次に飲みに行く日を約束して別れた。

小山が帰ってしまうと、古賀は妻に電話をかけた。

「真博たちはもう来てるか？　そうか……。陸《りく》くんも？　そうか、そうか。これから車に乗るから、あと30分くらいで家に着くと思う。ああ。何か買っていくものとかあるか？　陸くんのジュースとかはどうなの？　……うん。じゃ、リンゴジュースでいいよな。うん、いつものな、リンゴジュース買っていくな」

古賀の息子、真博は今東京で生活している。

結婚して子どもが一人生まれていた。名前を陸といった。

陸が生まれたのは二年ほど前で、初めて目にした孫は白い布に包まれ、なんの屈託もない寝顔で眠っていた。

「陸上選手になってほしいから陸という名前にしたのか？」と古賀が聞くと、「まさか」と言って真博は笑った。

「俺、陸に野球をやらせるつもりだよ」

真博の言葉に古賀は驚いた。意外だったからだ。

「そうなのか？」

「もちろん、本人がやりたいって言えばだけど」

「野球か……」

「陸上もいいけど、野球、かっこいいもんな」

すっかり大人になった真博の横顔を見ながら、古賀はうなずいた。

「おやじさ、陸が野球始めたら、教えてくれる？」

「え？」

「歩けるようになって、そうだな、小学校に上がるくらいになったらさ、野球の楽しさを教えてやってほしいんだよ」

古賀が答えあぐねていると、「俺じゃ教えきれないからな。おやじは教えるのがうまいし」と真博が言葉をつないだ。

「まあ……悪くはないけど」

「じゃ、よろしく頼むわ」


夕方の道路は混雑していて、思うように車は進まなかった。

赤いテールランプが、焦る気持ちにストップをかける。

「帰ったら、今日の試合の話をしよう」と古賀は思った。

「南台高校にはすごい選手がいるぞ。あんなに劇的なホームランは、これまでに見たことがない」

面白く話ができるだろうか。

「真博が野球を続けていたらなあ」と言ってみようとも、古賀は考えた。

本当は俺はなあ、真博に野球を続けてほしかったんだ。平日のまったりとした夕方のスタジアム。情熱的な蝉の鳴き声を聞きながらさ、俺は会社を休んで母さんと一緒にスタンドに座るんだ。腕組みをして、真博のチームの帽子を被っておまえの名前を呼ぶんだ――。

「真博はきっとすごい選手になったと思うんだよ。ホントだぞ。あんまり褒めることはなかったけど、真博の野球選手としての筋は良かったんだ。審判としてグラウンドレベルでたくさんの野球選手を見てきた俺が言うんだから間違いない。面と向かって言葉にすることができなかったけど、本当は野球を続けてほしかったんだよ」

バックミラーに映る自分の姿を見る。日焼けして頬が赤い。

でもな、と古賀は思った。

「野球を続けていてもいなくても、おまえは俺の息子だからいいんだ。陸にもきちんと教えてやろう。野球の楽しさと素晴らしさを。うまくなることも大事だけど、一生懸命にやって楽しむことが一番大事だ。だから、野球じゃなくてもいいんだぞ」

古賀の脳裏に、今日のホームランボールが思い浮かんだ。

「もちろん野球でもいいんだぞ。おじいちゃんはうれしい」

ダイヤモンドを回るホームランを打ったバッター。

地面に座り込む相手選手たち。

涙を流すピッチャー。

互いにたたえ合う選手たち。

拍手を送る観客たち。

なんてドラマチックな瞬間なのだろう。

間近で目にするそんなシーンは、古賀にいつも大切な何かを教えてくれる。そんな気がしていた。

心が震える

岸川太一

「じゃ、今日はおめでとう」

太一と母親はビールで、勇人はオレンジジュースでグラスをあわせる。

試合後の夕食は、カレーと豚肉の冷しゃぶ、小松菜のおひたしとアサリのみそ汁だった。

「豚肉はビタミンB_1、小松菜とアサリは鉄分が豊富なのよ。二つとも炭水化物をエネルギーに変えるときにとっても役立つの」

そう言う母親はどこか得意げで、楽しそうだ。誰かの受け売りか本でも読んだのだろう。

三人分のカレーを皿に取り分ける。

「炭水化物がエネルギーになるんだから、たくさん食べなさいね」

風呂から上がったばかりの勇人は、頬を上気させながらオレンジジュースを一気に飲み干した。

試合のあと、久しぶりに家族三人で食事をとった。話題は終始、その日の試合のことと翌日の決勝のことだった。

「それにしても勇人のホームランはすごかったね」という母の言葉に、勇人がうれしそうにうなずく。

「あんなにかっこいい勇人を見たのは初めてかもしれないね」

「テレビ神奈川の中継、録画してある？」

「もちろんよ。見る？」

「ちょっとだけ」

勇人は席を立ち、試合の放送を再生させた。ああだ、こうだ、と三人でテレビを見ながら話した。途中、勇人はしきりにうまいうまいと言いながらカレーを口へと運んだ。

「明日はいよいよ決勝だね」

勇人は口をいっぱいにして、うんとうなずく。

「お母さんはね、勝てるって信じてるのよ」

たまに母親は、あらたまったように話を切り出すことがある。

昔はそんなふうに話されるのがなんだか気恥ずかしくて、好きではなかったけれど、最近はちゃんと耳を傾けられるようになってきた。

「ただ一つだけね、決勝で勝つとか負けるとかがはっきりと形になる前に、伝えておこうって思うことがあるの。

勇人、ここまで本当によくがんばったね。すごいことだって、心からお母さんは思ってるからね。ホームランを打ったってことよりも、打てるようになるまでがんばってきてくれたことがね、誇らしいのよ。

明日の試合も悔いのないように精いっぱいがんばりなさい。お母さんはそれをしっかり見ているからね」

夕食の間、甲子園という言葉が何度も出てきた。

かつてはぼんやりとしか浮かんでいなかったその言葉は、今、きちんとした輪郭を持って食卓の上を行き来している。勇人が何度も形を整えるようにしてつくり上げてきた言葉だ。試合の余韻に浸り、喜びを胸に宿してはいたけれど、太一はどこか料理にもビールの味にも集中できないでいた。


食事が一段落したころ、母親が席を外した。

そのとき、太一は自分の記憶に決着をつけようと思った。太一と勇人はテーブル越しに向かい合うように座っている。

「勇人」と太一が声をかける。

勇人はデザートの梨を食べている。

「何？」

「今日はすごかったな」

「うん」

言葉が続かず、二人の間をテレビの音と、シャクッという梨をかじる音が埋める。

太一は明日の決勝にも応援に行く予定だ。それが終わればまた、自分の日常が始まる。

両手で顔をなでる。日焼けのひりひりとした痛みを感じた。

「その顔、大丈夫？」と母親が真顔で心配するのが、鏡を見て納得がいった。お笑い番組の酔っぱらいのような頬になっている。休み明け、会社に行ったらきっと、同僚たちに笑われるだろう。悪くない、と太一は思った。

恵まれた環境、幸せな日常。余裕の出てきた母親。楽しそうな勇人——。

だからもう一歩だけ、自分の人生を前に進ませよう。

太一は、一息吸い込んでから、ゆっくりと息を吐いた。

そしてもう一度息を吸い込み、言葉を肚《はら》にためる。

なぜだろう、大切な言葉を言うときにはいつも勇気がいる。


「昔さ、俺、おまえに野球やめろと言ったことがあったよな？」

「そうだっけ？」

食べる手を止め、勇人が太一のほうに目を向けた。

「あのときはごめんな」

太一は、一息に言った。

「俺が間違ってたわ」


太一の耳に「別にいい」という勇人の声が入ってきた。


「野球、がんばれよ」

「うん」

「応援してる」

「うん」

再びシャクッという梨をかじる音が聞こえ、テレビの音が二人の間を埋めた。

「にいちゃん」

しばらくして、今度は勇人が口を開いた。

「ありがとう。俺、にいちゃんがいたから、がんばれたわ」

太一は胸がいっぱいになり、慌ててグラスを手に取った。少しだけ残っていたビールを飲み干す。

「甲子園、行くぜ」

「うん」

「自慢してな」

「うん」

「なあ、にいちゃん」と勇人は言った。

「岸川家っていいチームだな」

「うん」

憧れがあるから

岸川勇人

勇人は、自宅から自転車で五分ほどのところにある駅の近くの公園にいた。

街灯が辺りを照らしているので暗くはない。誰も座っていないベンチが二つほどあるだけだ。夜も十時を回っているため、人通りはそれほど多くなかった。電車の到着のたびに、ちらりほらりと数名が広場を通り過ぎていく。

勇人は足を広げ、バットを肩にのせ、ゆっくりと構えた。昼間のシーンがよみがえる。グラウンドのにおい、スタンドからの声援、対峙するピッチャー。風が吹き抜ける。が、よく見ようと目を凝らすとやはりイメージはすり抜けてゆく。公園はセミの鳴き声以外は聞こえない。

スイングをした。

ブンッと風を切り裂く音が、心地よく耳に響く。

家にじっとしていることができなかった。

体は疲れているはずなのに、血液が余熱をもって体内を駆けめぐっている。手のひらに感触がよみがえってどうしようもなくなり、もう一度つかまえようと家を出た。

兄の太一はグラスを傾けながら、録画したテレビの試合を何度も見ていた。母親は台所で食器を洗っていた。

そこは、横浜に引っ越してきたときから勇人がずっと通っている公園だ。

自主練するときにも、何か迷いがあって自分の考えを整理するときにも使っている。高校の進路を決めるときにも、今日と同じように、自転車でバットを背負ってやって来た。

私立の推薦の話が勇人のもとにはいくつかきていた。私立の強豪——。ただ、気持ちが揺れたのはほんのちょっとの間だけだった。

「家族はチームだから」

その言葉を思い出して、県立南台高校に進学を決めた。が、悲観的な気持ちはまったくなかった。どこに行っても伸びていける自信が勇人にはあったからだ。

(明日は決勝戦だ)

勝利すれば甲子園への出場。勇人は続けざまにバットを振った。

（あとひとつ――）

額に汗がにじむ。

電車が到着したのだろう、大学生くらいの男や、携帯で話をする若い女、スーツ姿のサラリーマンが通り過ぎていくのが見える。

勇人はバットを持ったまま、クスリと笑った。

その日の試合で、鎌田が泣いていたのを思い出していた。

ホームベース近くで、勇人がみんなにもみくちゃにされているとき、鎌田は少し離れたところで涙を袖で拭っていた。

「なんでおまえが泣いてるんだよ」とチームメートたちが驚き、笑っていた。

「出てくるもんはしょうがないだろ」

勇人はそんな鎌田のもとに駆け寄ると、強く肩を組み、乱暴に頭をなでた。

決勝の相手は、私立の強豪校だ。

一度も対戦したことはないけれど、映像は見たことがある。幼いころ、甲子園に出場したのをテレビでも見た。

いいピッチャーもいるし、打線も強力だ。何より漂っている貫禄が、南台とはずいぶん違う。前評判も、南台には不利だ。

（悪くない）と勇人は思った。

（逆境でこその、自分じゃないか）

きっと、今日以上にたくさんの人たちが球場に来てくれるだろう。テレビ中継も入る。勇人の一挙手一投足に注目が集まるだろう。岸川勇人に注目、という記事だって出るだろう。


息を止め、足を踏み出し、ブンッとバットを振った。


バットがボールをとらえる。

キンッという金属音のあとに訪れる一瞬の静寂。

その次の瞬間、ワッという歓声がわき起こる。

勇人は目を凝らしてボールの行方を追う。

「打ったぁー、大きい大きいぃっ、伸びるー……」

ホームランボール

岸川勇人

夜空をスクリーンにして、勇人のイメージが広がる。

晴れ渡る空の中を、鋭く舞い上がるボールが見えた。

幼いころからずっとそうだ。勇人はいつも心の中のホームランボールを見つめ、追い続けている。

あとがき

年を重ねるごとに時間の経過が早くなっているのではないか、と感じることがあります。

桜咲く春の公園を散歩していたかと思うと、秋のうろこ雲を眺めながら長袖のシャツを羽織っていたり、お正月のコタツで丸くなっていたかと思うと、夏の太陽の下で大きく伸びをしている――。まるで蛇口を閉め忘れた水道の水のように、時間がどんどん流れては通り過ぎていく、そんなふうに感じることがあるのです。

すべての日に、特別な何かを期待しているわけではありません。ですが、ランチタイムに前日と同じお店で同じメニューを眺めていたりすると、「昨日と今日が入れ替わっても、不都合はないのではないか？」などと考えたりもします。

生意気にも日常を送ることに小慣れてしまっているとき、新鮮な気づきや刺激、心が震える感動を与えてくれるのは、僕の場合、決まって目の前にあらわれる「人」です。

久しぶりに再会した友人がいます。

彼は職場を海外に移し、順調にキャリアを積んでいます。彼の話を聞いているうちに、僕自身ももっとがんばろうと思いました。

空港で人や荷物の円滑な流れをつくっている知人がいます。大変な仕事です。それがなんだか、とてもかっこ良く思えるのです。

子育てをしながら会社の中心として働いている女性がいます。明るくて、愛情にあふれています。偉い人だなと思います。

自分の専門分野のことを何時間も語れる大学生がいます。憧れます。好きなことを全力で語れるのは、なんて魅力的なのだろうと思います。

実家の家業を継いで奮闘する友人も、台風の日に停電を防ぎに出かける電気屋もいます。誠実で熱心な学校の先生も、最高に面白い美容師もいます。

一生懸命に働いている。勉強している。目標がある。夢がある。行動力がある。純粋である。知恵がある。元気である。余裕がある。計画的である。野心家である。明るい。楽しそうである。力強い……。

周りのそんな誰かの姿に触れるたびに、胸の内側に熱が生まれます。その熱が僕の人生の動力となります。人生を一歩前へと進めてくれるのです。

同時に、逆もあるのだろうと思います。僕が、誰かの胸の内側に熱を与えることもある、ということです。

あなたの中に熱が生まれるとき、それはあなただけにとどまるものではありません。

右の人の熱は、左の人に移り、さらにその隣の人へと順々に移っていきます。やがて熱のつながりは山を越え、海を渡り、輪になります。地球は丸いですから、大きな輪です。あなたの中に火花を散らすほどの熱がわき上がるとき、その広がりの可能性はとてつもないほどに――などと空想をふくらませながら、本書のあとがきを書いています。

この物語が、ほんのちょっとでも、あなたの勇気の足しになったら幸いです。

最後に、出版の機会を与えていただいた現代書林様、とりわけ「元気が出る本」出版部の茂木美里様には様々なアドバイス、サポートをいただきました。本当にありがとうございます。一冊の本もまた、多くの人との出会いと協力によって生まれることを改めて実感しています。心より感謝です。

二〇一五年十一月

松尾健史

資料参考文献

『高校球児なら知っておきたい野球医学』馬見塚尚孝著　ベースボール・マガジン社
『スッキリわかる　野球スコアのつけ方　新版』三井康浩監修　成美堂出版
『野球規則を正しく理解するための野球審判員マニュアル』一般社団法人全日本野球協会・アマチュア野球規則委員会編集　ベースボール・マガジン社
『NO．1メンタルトレーニング』西田文郎著　現代書林
『NO．1理論』西田文郎著　現代書林
『アスリートのための食トレ　栄養の基本と食事計画』海老久美子著　池田書店
『審判員講習会マニュアル　第4版』一般社団法人全日本野球協会　アマチュア野球規則委員会

★本作は書き下ろしです。
★この物語はフィクションです。実在の人物・団体等とは一切関係がありません。

＊野球観戦時には打球や折損バット等にご注意ください。ファウルボールやホームランボールが飛んでくる時には、けがのないよう十分ご注意ください。ボールを追いかける行為は大変危険です。

松尾健史 まつお・たけし

1980年、佐賀県武雄市生まれ。

横浜国立大学卒。

まったく新しい塾の在り方を追求している横浜市の学習塾「聡明舎」で、中高生の指導にあたっている。

2008年に『I met a boy.　父の日に、バンビ公園で。』（ディスカヴァー・トゥエンティワン）で作家としての活動を開始。独特のファンタジー自己啓発小説として、注目を浴びる。続く『ブレイクスルー』（現代書林）では、若者たちの現状突破ストーリーを爽快に描き、幅広い読者層からの支持を得る。

『ブレイクスルー』の出版以降、執筆活動だけでなく、「一歩踏み出す勇気」をテーマとした講演を行うなど活動の幅を広げている。

君《きみ》が勇気《ゆうき》をくれた

2016年 1 月 21日　初版第 1 刷

著　者 ―――― 松尾健史《まつおたけし》
発行者 ―――― 坂本桂一
発行所 ―――― 現代書林
〒162-0053　東京都新宿区原町3-61　桂ビル
TEL／代表　03(3205)8384
振替00140-7-42905
http://www.gendaishorin.co.jp/
デザイン ―――― 吉崎広明（ベルソグラフィック）
写　真 ―――― PIXTA

印刷・製本　広研印刷㈱
定価はカバーに表示してあります。
万一、落丁・乱丁のある場合は購入書店名を明記の上、小社営業部までお送りください。送料は小社負担でお取り替え致します。
この本に関するご意見・ご感想をメールでお寄せいただく場合は、info@gendaishorin.co.jp まで。

ISBN 978-4-7745-1551-9 C0095